조상 姓氏의 세계

저자와
협의하여
인지 생략

조상 姓氏의 세계

지은이 | 김 문 순
펴낸이 | 張 少 任
펴낸곳 | 답게

초판 인쇄 | 2009년 3월 20일
초판 발행 | 2009년 3월 25일

등 록 | 1990년 2월 28일, 제 21-140호
주 소 | 143-838 서울시 광진구 군자동 469-10호(2F)
전 화 | (편집) 02)462-0464 · (영업) 02)498-0464
팩 스 | 02)594-0464
홈페이지 | www.dapgae.co.kr
e-mail | dapgae@chollian.net, dapgae@korea.com

ISBN 978-89-7574-233-0

나답게 · 우리답게 · 책답게

내·가·만·난

조상姓氏의 세계

조상신 연구가 김문순

도서
출판 답게

내가 만난 조상의 성씨(姓氏)들

이 땅을 살아가는 우리에게는 각 성씨(姓氏)가 있고 이름(名)이 있다.

조상에 의해서 이 세상에 태어난 우리는 '아무개!' 라고 불리면서 한평생을 살다간다. 나는 어디서 와서 어디로 가는가? 내가 이 땅에 머무는 동안 반드시 불려지는 '성명(姓名)'은 나와는 뗄려야 뗄 수 없는 불가분의 관계로 삶을 함께 살아간다.

'호랑이는 죽어서 가죽을 남기고 사람은 죽어서 이름을 남긴다.' 고 했다. 나의 조상은 나에게 성씨를 주었고, 우리 부모는 나에게 이름을 주었다. 조상이 발복을 하고 번성한 조상은 성씨도 계보와 항렬자를 따라 일목요연하게 잘 정돈되어 내려온다. 그러나 비록 고대에 번창한 성씨라 하더라도 세월이 가면서 후손들이 지리멸렬하여 소멸된 성씨들도 많다.

역사는 승자의 것이고, 남아있는 자들이 쓰는 승전사다. 역사 속 인물들도 지금까지 추앙받고 살아 움직일 때는 나의 힘 있는 조상이 되지만, 묻혀져가면 단지 야사 속 전설의 인물이 되고 만다. 그동안 수많은 성씨의 조상을 만나봤다. 접신(接神)된 상태에서 뵙고 들고 원해서 대화해 본 많은 성씨의 조상들은 한결같이 당신의 자손들이 잘되기를 학수고대하며, 발복의 첫째 조건인 자손의 번성에 대해서 가장 애틋해 했다.

지속적인 인연이 있는 성씨는 역시 현생에서도 번창하고 있는 대표적인 성씨들이 많았다. 이 책에서는 내가 접신된 상태에서 만나본 수많은 조상님들의 성씨의 특성과, 점사(占辭)를 하면서 만나온 각 성씨 사람들의 특성에 대해 통계적으로 기술하고자 한다.

각 성씨의 모습이나 성격 또는 성향은 일관성이 있어 각 성씨들의 조상이 원하는 바나 좋아하는 것을 알 수 있으니, 그대로 조상신들의 비위를 맞추다 보면 모든 일이 훨씬 잘 풀리고 어려운 문제가 쉽게 해결되는 놀라운 현상을 많이 보아 왔다.

당신들의 조상님이 원하는 게 뭔지, 재물인지, 관(官)인지, 자존심인지, 보시하는 것인지, 자손인지, 단지 잘 먹고 잘 마시고 놀아주기만 하면 되는 것인지를 알아내어 코드를 맞춰라.

나는 조상신을 연구하는 중에 자기 성씨의 본관(本貫)이나 시조(始祖)조차도 잘 모르는 사람들이 너무도 많은 것에 놀랐다.

본관은 내 조상이 살아온 땅(地)을 모태로, 시조는 내 조상이 살아온 공간(天)을 근거로 하여 하늘과 땅 속에서 살아남은 인간(人)의 흔적을 성씨라는 개념으로 자리잡아온 우리 조상님들의 발자취이다.

　수많은 세월을 살다보면 시조의 명맥이 끊어질 정도로 힘들고 어려운 시절을 겪어 나올 때가 있고, 다시금 그 성씨의 후손들이 크게 발복하도록 용을 써서 그 가문의 중흥을 일으키신 조상님도 계시다. 우리는 그러한 분을 시조(始祖)에 버금가는 중시조(中始祖)로 예우하며, 다시금 가문의 영광과 부활을 면면히 이어가 대대로 성씨를 지켜나가곤 한다.

　남의 나라 역사나 남의 신들(그리스·로마 신화 등)에 대해서는 잘 알면서도, 내 조상이 누구이고 어떤 분이 어떤 공적을 남기고 돌아가셨는지, 아니면 어떻게 한 맺힌 채 돌아가셨는지 조차 모르면서 어떻게 현생의 복록을 구하겠는가? 다양한 사람들이 공존하는 21세기에는 이러한 성씨나 본관이 불필요하다고 여기는 사람들도 있겠지만, 그들도 내 조상이 있어서 내가 이 세상에 존재한다는 당위성만은 부정할 수 없을 것이다.

우리나라에는 수많은 성씨가 있다. 현존하는 성씨만도 260성이 넘고, 각 성씨의 본관도 1,000여 종이 넘는다. 여기서는 100가지 정도의 성씨를 내가 만난 인연과 인구수를 위주로 여러 문헌을 참고하여, 시조들의 기원이나 역사, 각 성씨의 이름을 드높인 조상님들을 간단히 언급하면서, 각 성씨의 독특한 특성을 글문의 신(神)이 일러 주시는대로 천기누설의 심정으로 기술하였다.

나를 낳아준 조상 성씨의 근원을 알고, 각 성씨 조상님들의 다양함을 인정하면서 조상님이 원하는 바에 나의 행동을 맞춰나가면, 보다 나은 삶을 이끌어가는 지름길이 될 것이다. 현생의 복록에는 나를 이 땅에 낳아준, 나를 가장 사랑하는 내 조상님이 가장 큰 힘을 발휘한다는 진리를 믿으시길 바란다.

기축년(己丑年) 봄날
수미원(修米院)에서 김문순(金文順)

차 · 례

|대표 성씨들|

01. 이 씨(李 氏)	02. 김 씨(金 氏)	03. 박 씨(朴 氏)	04. 최 씨(崔 氏)
05. 정 씨(鄭 氏)	06. 강 씨(姜 氏)	07. 조 씨(趙 氏)	08. 윤 씨(尹 氏)
09. 장 씨(張 氏)	10. 한 씨(韓 氏)	11. 신 씨(申 氏)	12. 오 씨(吳 氏)
13. 서 씨(徐 氏)	14. 권 씨(權 氏)	15. 황 씨(黃 氏)	16. 송 씨(宋 氏)
17. 안 씨(安 氏)	18. 홍 씨(洪 氏)	19. 심 씨(沈 氏)	20. 지 씨(池 氏)
21. 민 씨(閔 氏)	22. 문 씨(文 氏)	23. 전 씨(全 氏)	24. 고 씨(高 氏)
25. 어 씨(魚 氏)	26. 노 씨(盧 氏)	27. 손 씨(孫 氏)	28. 임 씨(林 氏)
29. 나 씨(羅 氏)	30. 배 씨(裵 氏)	31. 조 씨(曹 氏)	32. 류 씨(柳 氏)
33. 량 씨(梁 氏)	34. 백 씨(白 氏)	35. 허 씨(許 氏)	36. 유 씨(兪 氏)
37. 정 씨(丁 氏)	38. 임 씨(任 氏)	39. 유 씨(劉 氏)	40. 현 씨(玄 氏)
41. 남 씨(南 氏)	42. 공 씨(孔 氏)	43. 곽 씨(郭 氏)	44. 구 씨(具 氏)
45. 우 씨(禹 氏)	46. 원 씨(元 氏)	47. 주 씨(朱 氏)	48. 진 씨(陳 氏)
49. 채 씨(蔡 氏)	50. 차 씨(車 氏)	51. 천 씨(千 氏)	52. 하 씨(河 氏)
53. 엄 씨(嚴 氏)	54. 여 씨(呂 氏)	55. 설 씨(薛 氏)	56. 마 씨(馬 氏)
57. 방 씨(方 氏)	58. 강 씨(康 氏)	59. 성 씨(成 氏)	60. 전 씨(田 氏)
61. 신 씨(辛 氏)	62. 양 씨(楊 氏)	63. 함 씨(咸 氏)	64. 변 씨(邊 氏)
65. 복 씨(卜 氏)	66. 봉 씨(奉 氏)	67. 사 씨(史 氏)	68. 소 씨(蘇 氏)
69. 석 씨(石 氏)	70. 노 씨(魯 氏)	71. 염 씨(廉 氏)	72. 추 씨(秋 氏)
73. 도 씨(都 氏)	74. 선 씨(宣 氏)	75. 주 씨(周 氏)	76. 길 씨(吉 氏)
77. 연 씨(延 氏)	78. 표 씨(表 氏)	79. 위 씨(魏 氏)	80. 명 씨(明 氏)
81. 기 씨(奇 氏)	82. 왕 씨(王 氏)	83. 금 씨(琴 氏)	84. 옥 씨(玉 氏)
85. 육 씨(陸 氏)	86. 인 씨(印 氏)	87. 맹 씨(孟 氏)	88. 탁 씨(卓 氏)
89. 남궁 씨(南宮 氏)	90. 모 씨(牟 氏)	91. 국 씨(鞠 氏)	92. 편 씨(片 氏)
93. 황보 씨(皇甫 氏)	94. 태 씨(太 氏)	95. 피 씨(皮 氏)	96. 온 씨(溫 氏)
97. 은 씨(殷 氏)	98. 제갈 씨(諸葛 氏)	99. 선우 씨(鮮于 氏)	100. 독고 씨(獨孤 氏)

01 이 씨(李氏)

이씨는 근세기 바로 직전까지 이조 오백년 세월 동안 모든 권력과 부귀를 누렸던 우리나라 성씨중 가장 대표되는 성씨이다.《조선씨족통보》에는 546본으로 나타나 있으나, 100본 정도를 제외한 나머지는 미고이다. 인구수는 김씨보다는 적어 2위의 성씨가 되었지만, 모든 부분에서 우월하고 강인함이 마치 선비의 기(氣)처럼 기사회생하는 데는 타의 추종을 불허하는 성씨이다.

전주 이씨(全州 李氏)

시조는 이한(李翰)으로 글이 높고 덕망이 있어 일찍이 전주의 호족으로 그 위세가 높았다. 탐관오리를 피해 함경도로 이주했다가 원나라 간동으로 건너가 그곳에서 다루하치의 벼슬을 하였다. 시조한의 22대손인 '성계(成桂)'에 이르러 조선왕조를 창건하니, 이가 중시조가 된다. 이후 정종, 태종, 세종 등을 거쳐 27대 왕이 나왔고, 519년 동안 이씨 왕조를 이끌었다.

전주 이씨는 왕손이고 양반이다. 누가 뭐라고 해도 현생에서 종묘대제를 지내는 특권을 누릴 수 있는 유일한 성씨이다.

이씨 조선 내내 왕이 되지 못한 대군들은 시화와 서체 등 풍류를 벗삼아 권력의 중심에서 벗어나 일생을 마친 사람들이 많았다. 태종의 큰아들 양녕대군(讓寧大君), 둘째 효령대군(孝寧大君)이 그러했고, 고종때 흥선(興宣) 대원군 이하응(李昰應)은 섭정으로 권력을 부렸으며, 대한민국 수립 후 초대 이승만(李承晩) 대통령, 국무총리 이범석(李範奭) 장군 등이 있다.

경주 이씨(慶州 李氏)

시조 알평(謁平)은 진한 6촌장의 한 사람으로 박혁거세를 신라 초대 왕으로 추대했고, 32년(유리왕 9년) 이씨 성을 하사받아 경주 이씨가 되었다. 경주의 고호가 월성이므로 월성 이씨라고도 한다.

경주 이씨들 중에는 학문이 높은 조상이 많다. 육갑신장을 부렸던 조상도 있고, 근세기 들어 행정이나 실무에 능했던 조상이 많아서 생원, 서당 훈장 등 교육에 힘썼던 후손이 많았다.

고려조 명문장가 이익재(李益齋), 영의정 이항복(李恒福), 대한민국 초대 부통령 이시영(李始榮) 등이 있다.

광산 이씨(光山 李氏)

시조 이종금(李宗金)은 김알지의 후손 헌안왕의 5세손으로 원 성명은 김일형(金日炯)이다. 고려 충숙왕 때 거란족이 침입하자 다른 신하는 모두 도피했어도 끝가지 왕을 호위하여, 광산 부원군에 봉해지는 충신이었다. 무관의 기질이 강하고 타협을 안 하는 기개있는 성씨이다. 〈태종실록〉 편찬에 공이 큰 이선재(李先齋), 동인의 거두 이발(李潑) 등이 있다.

광주 이씨(廣州 李氏)

시조 자성(自成)은 신라조에서 벼슬한 호족으로 신라가 고려에 망하자 그 절개를 굽히지 않아, 고려 태조가 준안(광주의 고호)의 호장으로 삼았다. 고려조 때 후손 원령(元齡)이 신돈의 비행을 논하다가 피신하였으나, 신돈 사후(死後) 복권되어 자손이 크게 득세하여 문중이 번성하였다. 강하고 영민한 심상이 타인을 지배하고 총기가 남달라 관·공직에서 두각을 나타내는 후손이 많다.

신숙주와 함께 《북정록(北征錄)》을 펴낸 이극감(李克堪), 한음 이덕형(李德馨) 등이 있다.

한산 이씨(韓山 李氏)

시조 윤경(允卿)은 고려 숙종 때 호족으로 그의 7세손 색(穡)이 원나라에 들어가 과거에 급제하여 한림원의 관직에 등용되기도 했다. 귀국하여 대사성, 문하시중 등 요직에 등용되었으며 공민왕 때 홍건적을 물리치는 공을 세워 한산 부원군에 봉해졌다. 대쪽같은 자존심이 하늘을 찔러 죽어도 아닌 것은 아니라 하며, 불의에 타협하지 않는 성격이 외곬이다. 너무 맑은 물에는 물고기가 살지 못한다고 재물보다는 권력이 왕해, 일인자에 대한 충성심이 일편단심으로 종국에는 신뢰를 얻어 후분이 안락하다.

고려 말 성리학자인 목은 이색(牧隱 李穡), 사육신인 이개(李塏) 등이 있다.

위 본(本) 외에도 인연 있는 성씨 중에 덕수(德水), 상산(商山), 성산(星山), 용인(龍仁), 전의(全義), 함평(咸平) 이씨 등이 있다.

이씨들은 체격이 단아하고 몸은 말랐으며 얼굴형은 갸름하고, 피부는 주로 희고 눈은 외까풀에 작고 좀 찢어졌다. 성깔이 있어 보이는 모습에 총명함은 수백 년 동안 문무를 겸비한 지배계급으로 위풍당당하고 품위있는 선비의 모습을 감출 수가 없다. 평상시에는 편안하고 은근해 보이지만, 위기가 있거나 결단을 내려야 되는 때는 매서워 결국 남들보다 우위가 되거나 매사 이기는 편이다.

큰 부자 중에는 이씨들이 많다. 부동의 재산이 자자손손 넘어가는 이씨들은 복 받은 성씨 중 으뜸이라 할 것이다.

이씨들은 어떤 공덕도 예의를 갖추며, 외시이나 제례에 한치의 소홀함이 없는 것을 좋아한다. 자손도 지, 덕, 예를 갖춰서 권력이나 축재에 다 능해 최고가 되기를 바라므로, 어릴 때부터 조상에 대한 예를 제대로 배우고, 잘 모시면 부자가 되거나 권력을 잡을 수 있을 것이다. 크게 발복할 수 있는 조상의 여건이 가장 좋은 성씨이다.

02 김 씨(金氏)

김씨는 우리나라 성씨에서 인구수 1위의 최고 성씨이다.

김씨의 본관은 623본이나, 현재는 112본 정도만 명맥을 이어오고 있다. 김씨는 가락국의 수로왕을 시조로 하는 수로왕계(首露王系)와 신라 왕실의 박(朴), 석(昔), 김(金) 3성씨 중 하나인 김알지계(金閼智系)로 나뉜다.

역사를 거슬러 올라가면 가야국서부터 통일신라까지 김씨는 왕손의 지위로 나라를 통치했었다. 고려, 조선시대에 와서는 왕비족으로서도 최고의 권력과 부귀를 누리며 제2인자로서 국정 대소사에 관여 안한 바가 없는 성씨이다.

김해 김씨(金海 金氏)

중국 한나라 광무황제 때에 가락국의 9촌장이 구지봉(龜旨峰)에 올라 금합을 발견하여 열어보니 6개의 알이 들어있었고, 알 속에서 6동자가 나왔는데, 가장 먼저 나온 수로(首露)를 가락국의 왕으로 추대하였다. 그 후 아유타국(阿踰陁國;인도)의 공주인 허황옥(許皇玉)을 왕비로 맞아 10명의 아들을 낳아 아들 둘에게는 허씨 성을 주어 허씨의 시조가 되었다.

김해 김씨는 평화주의자이고 현실주의자이다. 먹고 마시기를 좋아하고 조상공 중 대감놀이를 가장 좋아하며, 사람 사귀기를 좋아한다. 활동적이어서 많은 사람들이 따른다. 천성은 착하고 후덕하다. 인정 때문에 거절을 못하는 성격이니, 결단성을 가지면 안락한 삶이 보장된다.

김유신(金庾信) 장군, 김경서(金景瑞) 장군, 단원 김홍도(金弘道), 효자 김극일(金克一) 등이 있다.

광산 김씨(光山 金氏)

시조 흥광(興光)은 신라 신무왕의 셋째 아들로 국란이 있을 것을 예견하여 광주 서일동에 미리 자리잡는 예지력이 있었다. 후손 중 평장사가 8명이나 나올 정도로 무관이 왕하다. 씩씩한 기상과 절개는 실행력이 강하고 인내력이 있으니 타인과의 경쟁에 우월하다. 자존심이 강하고 융통성이 없는 경우가 있어 자신의 뜻 보다는 배려심이 필요한 내면이 강한 성씨이다.

조선 예학의 태두 김장생(金長生), 김집(金集), 임진왜란의 의병장 김덕령(金德齡) 등이 있다.

안동 김씨(安東 金氏)

안동 김씨는 김알지의 28세손인 경순왕 김부(金傅)의 손자를 시조로 하는 구 안동 김씨와, 안동의 성주로 후백제 견훤을 토벌하는데 공을 세워 고려 개국공신이 된 김선평(金宣平)을 시조로 하는 신 안동 김씨로 나뉜다.

안동 김씨는 권문세도가로서 명성과 권력을 누리던 성씨이다. 지략이 뛰어나고 남을 다스리는 데도 일가견이 있어 문중의 번창을 위해서는 투쟁도 마다않고 모사도 꾸미며, 쟁론도 좋아한다. 재물이 왕하고 조상공을 드리면 즉각 신들이 반응을 보이고 원하는 대로 소원이 하나하나 잘 풀려간다.

임진왜란 때 장군 김시민(金時敏), 김응하(金應河) 장군, 효자 김질(金質), 임시정부 주석 김구(金九) 선생 등이 있다.

경주 김씨(慶州 金氏)

경주 김씨는 신라 왕실의 3대 성씨(박, 석, 김) 중 하나이다. 시조 김알지(金閼智)는 탈해왕 때 금궤에서 태어났다 하여 성을 김(金)으로 하여 7세손 미추왕에 이르러 신라왕에 오르니 마지막 경순왕까지 38왕이 이어졌다.

경주 김씨는 신라조 때 왕족으로 지배계급의 고급스러움과 통치능력이 뛰어난 성씨이다. 함부로 부화뇌동하지 않고 명예를 중시하며 대업을 이루는 성씨로, 귀명을 타고 나면 운의 흐름이 아주 좋고 횡액도 잘 피해가는 힘이 있다.

임란때 의병장 김인(金寅), 부사 김경복(金慶福), 영의정 김홍집(金弘集) 등이 있다.

의성 김씨(義城 金氏)

시조 석(錫)은 김알지의 28대손인 김부의 아들이다. 고려 태조 때 의성군에 봉해졌다. 의성 김씨는 고집이 세고 자기 주장이 강하지만 속은 여리고 동정심도 많다. 열심히 살고 욕심이 많아 현실에서 능동적인 태도가 남으로 하여금 성실성을 인정받기도 한다. 낭비벽을 조심하여 미래에 대비하는 꼼꼼함이 필요하며, 계획을 세우는 습관이 필요하다. 신기가 왕하고 눈치가 빠른 조상들이다.

판중추부사 김안국(金安國), 관찰사 김성일(金誠一), 독립운동가 김창숙(金昌淑) 등이 있다.

위 본(本) 외에도 인연 있는 성씨로는 강릉(江陵), 고령(高靈), 금녕(金寧), 덕수(德水), 선산(善山), 창원(昌原) 김씨 등이 있다.

김씨는 이씨보다 둥글넓적하고 체격이 튼실하고 살집이 있어 보이며, 성격 또한 허허실실 유유자적해 보이지만 욕심이 만만치 않다. 사교성이 좋고 언변도 좋아 남의 흥정을 붙이거나 떼는 데도 모사꾼의 기질이 있다. 성정 자체가 순진하고 악의가 없으니, 그 옛날 신라시대 때 가장 득세한 성씨로 불교에 보시의 영향인지 무조건 베풀고 불쌍한 사람을 보면 인정이 많은 것도 김씨를 따라올 성씨가 없다.

안동, 김해, 광산, 경주 김씨하면 권력과 학문의 대표 성씨이다. 정승 고위 관료직에는 안 나간 데가 없고, 대학자의 주옥같은 업적도 실용주의적 사고에 맞춰 일궈낸 성씨이니, 우리나라 인구 중 김씨를 빼면 인구가 반으로 줄 정도로 다복하고 후손도 번성하다.

김씨들은 푸짐한 걸 좋아한다. 술이나 고기, 첩실까지 마다 않는 삶이 낙천적으로 상다리가 휘어지도록 차려도 모자라고 온 동네 잔치하기를 좋아한다. 차고 넘치는 걸 좋아하지만, 너무나 넘치다 보니 즐거움이 많으면 건강도 빨리 해쳐 타 성씨보다 상대적으로 단명기가 있을 수 있다. 뇌졸중이나 심장계통의 질환, 당뇨에 늘상 조심하여 건강을 살피는 것이 장수의 지름길이다.

자자손손 잘 먹고 잘 살기를 원하는 김씨들은 많이 베풀고 많이 공덕을 쌓으며, 조상님들의 순수한 성향에 맞춰 그때그때 자주 대접하시기를 바란다.

03 박 씨(朴氏)

박씨는 문헌에 314본으로 되어있으나, 44본을 제외한 나머지는 미고이다. 박씨는 신라 박혁거세왕을 시조로 한 자손이며 순수한 혈통을 자랑하는 우리나라 인구수 3대 성씨이다.

기원전 69년 부족의 6촌장이 모여 나라를 다스릴 군장을 모시기 위해 제를 지내는데 하늘에서 용마가 내려오기에 소벌도리공이 친히 가보니, 알 같기도 하고, 박 같기도 한 포에서 한 사내 아이가 나오니, 기원전 57년에 서라벌의 왕으로 추대되었다. 박씨는 신라 박, 석, 김씨 성 중 초대왕부터 55대 경애왕까지 모두 10명이 왕위에 올랐다.

밀양 박씨(密陽 朴氏)

신라 시조왕 박혁거세의 29세손 경명왕의 9명 아들 중 첫째인 언침(彦忱)이 밀성(밀양의 고호) 대군에 봉해지므로 밀양 박씨의 시조가 되었다. 밀양 박씨에서 10여 개 본관으로 분적되었다. 성격이 유하고 쉽게 흥분하지 않고 느릿한 어투는 자칫 속이 없어 보이기도 하지만 의외로 알차고 실속이 있다. 성품이 반듯하고 한가한 가운데 풍류를 즐길 줄 아는 멋이 있다. 사람 사이에 인덕이 있으며 재물의 풍족해 삶에 여유를 가질 수 있는 성씨이다.

판관 박심문(朴審問), 실학자 박제가(朴齊家), 군수 박항래(朴恒來) 등이 있다.

번남 박씨(潘南 朴氏)

밀양 박씨 시조인 언침의 14대손 응주(應珠)를 시조로 하여 본관을 번남(潘南: 나주의 고호)으로 한다. 번남 박씨는 모든 박씨 중에서도 가장 학문이 높아 명신을 많이 배출을 한 성씨이다. 산신에 제를 지내고 공을 드리던 조상이 많다. 삼신공, 산신제, 용궁기도에 밝고 영민하므로 원하는 부분에 초점을 맞추면 즉각 답을 들을 만큼 기가 맑고 신줄기가 세다.

성리학자 박세변(朴世采), 실학자 박지원(朴趾源), 궁내대신 박영효(朴泳孝) 등이 있다.

위 본 외에도 강릉(江陵), 고령(高靈), 태안(泰安), 함양(咸陽) 박씨 등이 있다.

박씨는 모습이 넓적하고 두상이 크고 피부색은 약간 갈색빛이 돌며 눈, 코, 입이 모난 데가 없고 유순한 인상을 준다. 성격도 급한 것이 없어 속내를 잘 안 드러내니 무슨 생각을 하고 있는지 간파하기가 어렵다. 하지만 각 성씨와 융화를 하거나 결정을 해야 될 부분에서의 중간자 역할은 나무랄 데가 없다. 쉽게 흥분하지 않고 남의 말을 경청할 줄 알며 판단도 즉흥적으로 내리지 않으니, 실수가 적고 일의 해결에 있어 결말을 잘 끌어내는 포용력이 있다.

생긴 모습대로 성실히 살고 아래 사람들에게도 인간적으로 대하니 전답이 많아지고 재물이 줄어들 리가 없다. 늘 최고가 되기보다 중용의 도를 찾고 험한 꼴은 앞장서지 않는 것이 복을 구하는 마음이다. 박씨들은 용궁에 기도를 드리던 자손이 많다. 물과 연관이 많으니 물을 잘 다스려 주면 복을 받을 것이다.

04 최 씨(崔氏)

최씨는 문헌에는 326본이나, 경주 최씨를 비롯한 43본 이외는 미고이다. 최씨는 우리나라 성씨 중 가장 오랜 역사를 지닌 성씨로 인구수 대비 4위 정도의 성씨이다.

경주 최씨(慶州 崔氏)

시조 최치원(崔致遠)은 신라의 전신인 서라벌의 6촌 중 소벌도리공의 24세손이다. 869년(경문왕 9년) 최치원은 12살의 어린 나이로 당나라에 유학하여 17세에 과거 급제한 신동으로 병마도총 종사관, 태수 등 요직을 거치다가 말년에 해인사(海印寺)에 들어가 63세에 서거하였다.

비상한 지혜가 있고 영특하며 불의에 타협하지 않는 기개와 싫고 좋은 것에 대한 선호가 분명해 마음속으로 싫은 것은 죽어도 못하는 고집이 있다.

평장사 최항(崔沆), 동학 교주 최시형(崔時亨), 구한말 애국자 최익현(崔益鉉), 한글학자 최현배(崔鉉培) 등이 있다.

전주 최씨(全州 崔氏)

전주 최씨는 경주 최씨와 연원이 같다. 소벌도리공의 후예이다. 고려 정종 때 문하시중을 지내고 개국백에 봉해진 순작(純爵)을 시조로 한다. 본관을 전주로 하여 이어져 내려오고 있다.

천성이 충직하고 착하지만 속은 용암처럼 불 같은 성질을 갖고 있어, 한번 화를 내면 그 기세를 꺾을 수 없는 외곬이라 남의 말이 귀에 안 들어오는 고집이 있다. 대기만성형이라 대중에게 인기가 있어 운과 기회를 잡으면 귀인을 잘 만나기도 하고, 젊었을 때의 고생으로 중년 이후 재물이 발복하는 후손이 많다.

판서 최재(崔宰), 효자 최익항(崔益恒), 영의정 최명길(崔鳴吉) 등이 있다.

수성 최씨(隋城 崔氏)

시조 영규(永奎)의 본성은 김씨이다. 경순왕 김무의 17대 손으로 고려 원종 2년에 문과에 급제하니 문장과 문학으로 서경에서 덕망이 높았다. 충렬왕 때 수원 일대가 풍기 문란하고 퇴폐해 군신을 내려 보내 정화하고자 하니 자청을 한 이가 시조 영규이다. 그가 수원에 내려가 효도와 의로써 백성을 인도하니 1년이 못 되어 효제지향으로 변모, 충렬왕이 크게 포상하고 공을 기려 최씨 성을 하사하였다. 본관을 수성 최씨로 하여 후손들이 세계를 이어가고 있다.

수성 최씨는 지금도 수원 쪽에서 수많은 땅을 소유하고 있다. 재산 또한 별 무리 없이 후손에게 자자손손 잘 내려감이 아무래도 중앙보다는 외풍이 덜하고, 조상에 대한 예우도 근본이 있어 재산이 불면 불어도 줄어듦이 없는 게 아닌가 싶다.

판관 최충원(崔忠元), 임란때 백의종군한 한성부윤 최결(崔潔) 등이 있다.

동주 최씨(東州 崔氏)

시조 준옹(俊邕)은 소벌도리공의 22대손으로 고려 태조를 도와 통합 삼한 공신이 되었다. 그의 후손 석문(錫文)이 철원의 고호인 동주에 세거하였으므로 본을 철원, 동주라고도 한다.

동주(철원) 최씨의 후손인 최영(崔瑩) 장군은 요동정벌을 계획했으나, 이성계의 위화도 회군으로 뜻을 이루지 못하고, 고려 멸망과 함께 참형을 당하였다. "내 무덤에 풀이 나지 않을 것이다."는 말과 "황금을 보기를 돌같이 하라."는 말처럼 충성과 청백리의 원조로, 민간 신앙에서도 가장 본받는 신장(神將)이 되었다.

고려조 마지막 거성 최영(崔瑩) 장군, 호조참의 최충국(崔忠國) 등이 있다.

삭녕 최씨(朔寧 崔氏)

시조는 최천로(崔天老)이다. 그는 고려 중엽 평장사를 지냈고, 중조인 유가(瑜價) 역시 평장사를 역임했다. 삭녕군 북방 40여리에 세거하였으므로 본관을 삭녕으로 하여 세계를 이어오고 있다.

영의정 최항(崔恒)은 세종때 〈훈민정음〉,〈용비어천가〉의 창제에 참여하였다. 세조를 도와 계유정란의 공을 세웠고 〈경국대전〉,〈동국통감〉 등 조선 초기 대학자로 역사, 언어 등 문물제도 정비에 큰 공을 세웠다.

그 외의 본으로 강릉(江陵), 해주(海州), 부안(扶安) 최씨 등이 있다.

최씨는 얼굴이 약간 각진 둥근형이며 얼굴색은 붉은 기가 있고 기운이 강해 보이는 탄탄한 몸매를 가졌다. 성격은 급하고 자존심이 세며, 지기를 싫어하고 자신의 주장을 남이 이해하도록 끝까지 주장하는 고집이 있다. 고집이 워낙 세고 굽히지 않아 '최씨가 앉은 자리에는 풀도 안 자란다' 는 옛말이 있다.

신라 고려조에 와서도 수많은 학자를 배출하였고, 고급 관료직에는 아니 나간 데가 없을 정도로 총명하고 똑똑한 성씨이다. 그때그때 하사받은 전답보다는 학문의 뿌리가 깊어 은근과 끈기로 내려가는 재물 줄기가 아무래도 오래 지속되는 게 아닌가 싶다. 고급 성향이 있어 술도 그냥 맑은 것보다는 집에서 담근 붉은 빛이 나는 약술을 선호하며, 깊이 있는 향을 좋아한다.

05 정 씨(鄭氏)

　정씨는 문헌에 210본으로 나와 있지만 30본을 제외한 나머지는
미고이다.

　정씨의 원조는《삼국유사》에 의하면 신라 6촌 중 진지촌의 촌장
인 지백호(智伯虎)이다. 정씨는 중국계인 서산 정씨, 낭야 정씨를 제
외하고는 모두가 지백호의 후손이며, 경주 정씨가 큰집이다. 정씨
는 인구수에서 5위에 드는 성씨이다.

경주 정씨(慶州 鄭氏)

　시조 지백호(智伯虎)는 삼한 중 진한의 6촌장 중 수장으로 진지부
의 촌장이다. 서기전 69년에 박혁거세를 양육하였으며, 서기전 57
년에는 박혁거세를 국왕으로 추대해 나라 이름을 신라라 하고 건국
공신이 되었다. 서기 32년(유리왕 9년) 낙랑후로 봉해지며, 정씨라는

성을 하사받게 된다.

총명한 기운과 고상한 기품이 당당하며 통솔력이 있고 대세에 이르러서는 맺음이 분명한 성격이다. 귀인을 만나면 천군만마를 얻는 대운이 있으며, 기가 맑고 지략이 있다.

충신 정지년(鄭知年), 성리학의 대가 추밀학자 정지운(鄭之雲), 의병 정윤근(鄭允謹) 등이 있다.

동래 정씨(東萊 鄭氏)

지백호를 비조로 하며, 시조 정지원(鄭之遠)은 고려조에 보윤호장을 지냈으며 후손들이 세거지인 동래를 본관으로 하여 번성하였다.

지혜가 출중하고 활동이 왕성하여 사회에 공헌하는 분야에서 혼신을 다하면 대성할 수가 있다.

영의정 정창손(鄭昌孫), 정태화(鄭太和), 학자로 위당 정인보(鄭寅普)가 있다.

연일 정씨(延日 鄭氏)

연일 정씨는 지백호의 원손 종은(宗殷)을 도시조로 하고, 그 후손 습명(襲明)을 제1시조로 하여 세계를 계승하고 있다. 고려조 때 이미 명문가로 자리 잡았다.

정씨 성 중에서 근세기 들어와 발복하는 정도가 탁월하다. 지략면에서 사통오달의 예민성으로 주식이나 증권 등 복잡다단한 일에 더 강한 자신감과 투지가 생겨 복을 챙길 수 있는 성씨이다.

충신 정몽주(鄭夢周), 송강 정철(鄭澈), 양명학의 대가 정제두(鄭齊斗)가 있다.

봉화 정씨(奉化 鄭氏)

시조 정공미(鄭公美)는 고려 초기 호부령을 지내고 호장이 되었다. 그의 5대손 정도전(鄭道傳)은 창왕을 폐위하고 공민왕을 추대하여 좌명공신이 되고, 봉화현 충의군에 봉해졌다. 이성계의 조선 개국에 공이 커 다시 봉화백에 봉해졌다.

난세에 난관을 극복하는 강한 성품과 대중을 이끄는 지도자적 소양이 탁월한 성씨로 영웅심이 있다. 모험심이 강하니 성패를 가늠해 보기 전에 과감하게 행동하여 운을 이끄는 능력이 탁월하다.

유학의 대가 정도전(鄭道傳), 송사(訟事)의 명판관 정운경(鄭云敬) 등이 있다.

그 외의 본으로 낭야(琅琊), 서산(瑞山), 초계(草溪) 정씨 등이 있다.

정씨는 국왕을 만들 정도의 지혜와 지략면에서 타의 추종을 불허하는 카리스마가 있다. 또한 타인에 대한 흡인력과 탁월한 견문과 허허실실의 조절이 뛰어나고 함부로 속내를 표현 안 하는 인내심의 소유자이다. 결국에는 한 가지 구심점을 찾아 오랫동안 공을 들여 마침내 목표를 달성하여, 권력을 만드는 2인자 역할로 얻는 보람이 탁월한 성씨이다.

내가 왕이 아니되어도 누군가 능력 있는 자를 추대해 내가 왕을 만들면 그 또한 왕을 부리는 권력의 제1인자가 되는 것이 아닌가? 박혁거세를 만들고, 공민왕을 추대하고, 이조의 일등공신이 되었으니, 난세마다 그 능력이나 흡인력이 탁월함은 타성의 추종을 불허한다.

이것이 바로 천명을 볼 줄 아는 혜안이니, 그 안목은 예나 지금이나 하루 아침에 이루어진 것이 아니다. 수백 년 동안 면면히 쌓아 내려오는 그 조상의 음덕이 어느 순간에 정수로 찾아올 때, 그 역할이 빛을 발한다고 믿는다.

모든 일을 하늘에 맡기고 천기를 보는 도인의 심정을 배우자.

06 강 씨(姜氏)

강씨는 역대 성씨에서 10위 안에 드는 성씨이다.

시조 강이식(姜以式)은 고구려조에서 도원수를 지내면서 많은 전공을 세운 공신이다. 597년 수나라 문제가 침략의 야심으로 무례한 국서를 보내오자 "이렇게 무례한 글은 붓으로 답할 것이 아니라, 칼로써 답을 해야 됩니다." 하며, 도원수로 군사 5만을 이끌어 수나라 군사 30만을 물리치고 개선하였다. 603년 수나라 양제가 다시 200만 대군으로 쳐들어오자 요동성 살수(청천강) 싸움에서 이들을 크게 격파했다.

진주 강씨(晉州 姜氏)

시조 강이식의 후손인 진(縉)이 진양(진주의 고호)후에 봉해짐에 따라 본관을 진주로 하여 세계가 내려오고 있다. 후손 5파가 모두 도원수 강이식을 시조로 하고 있다. 위엄과 용맹심으로 대세를 간파하는 지략이 뛰어나고 무관이 왕한 성씨이다.

타협보다는 싸움의 실리를 중시하며, 자신감과 '하면 된다'는 성질이 남과의 융화보다는 지배의 수순을 밟으니, 강씨 성의 사람을 이기기는 쉽지 않다.

도원수 강홍립(姜弘立), 항일의사 강우규(姜宇奎), 독립운동가 강창제(姜昌濟) 등이 있다.

금천 강씨(衿川 姜氏)

금천 강씨 후손 중 고려 현종 때의 강감찬(姜邯贊) 장군은 어릴 적 이름이 은천(殷川)으로, 낙성대에서 출생한 삼한벽상공신 궁진(弓珍)의 아들이다. 983년 진사시에 합격하고 승승장구하여 서경유수와 내사시랑 평장사가 되었다. 1010년 거란의 성종이 강조의 정변을 구실로 고려를 침공하자, 고려 조정은 30만 대군으로 통주(通州: 지금의 평북 선천)에 나가 싸웠으나 크게 패하였다. 대신들이 항복을 주장했지만, 현종을 나주로 피신시킨 후 하공진(河拱辰) 등의 외교적 노력으로 화의가 성립되어 항복의 치욕을 면하게 하였다.

1018년 소배압이 10만 거란족을 이끌고 침략하자 상원수가 된 강감찬은 홍화진 전투에서 1만 2천 명의 기병을 골짜기에 매복시켜, 냇물을 막았다가 일시에 내려 보내니 거란족은 패퇴하다가 구주(龜州)에서 섬멸되었다. 이에 강감찬은 구주대첩으로 역사에 길이 이름을 날리는 명장이 되었다. 서울 관악구 낙성대에 영정과 사적비가 서울시 유형문화재 4호로 지정되어, 그 애국충정과 강개함을 기리고 있다.

군인 정신의 표상 강재구 소령 또한 살신성인의 후손으로 칭송받고 있다.

강씨는 진주 강씨를 대표로 하여 후손 5파가 모두 도원수를 시조로 한다. 무관(武官)이 가장 강한 대표 성씨라고 볼 수 있다.

강씨는 말 그대로 강직함이 하늘을 찌른다. 불의에는 타협을 하지 않고 힘의 논리로 싸울 것을 명하니 분기탱천함이 기가 강하고 맑음이 신기로 말하자면 하늘을 움직인다. 무관의 줄기에서는 천운 또한 따라주니 전생에서도 하늘의 전사가 아니었나 싶다.

강씨들은 많은 말을 하기보다는 깍쟁이라는 생각이 들 정도로 야멸차고 냉정하다. 사리분별력이 남보다 뛰어나고 지략과 모략이 영민함을 넘치게 한다. 한번 주장을 펼치면 누구도 꺾을 수가 없을 만큼 고집에서는 최씨 성과 더불어 양대 산맥을 이룰 정도이다. 기백은 국가의 위기 때마다 그 역할이 출중해 난세의 영웅 중에 으뜸인 성씨라 할 수 있다.

강씨 성을 가진 후손 중 군인이나 경찰계통에 뜻이 있는 사람들은 매년 4월 10일 지내는 제사를 살펴 조상의 공덕을 빌기 바란다. 뜻이 있는 곳에 길이 열려 있다.

07 조 씨(趙氏)

조씨는 210본으로 문헌에 되어있으나, 15본을 제외한 나머지는 미고이다.

이조 명문 벌족으로 10대 성씨에 드는 무관(武官)이 왕한 성씨이다.

풍양 조씨(豊壤 趙氏)

시조 맹(孟)은 풍양현(현 경기도 남양주시 진건면 송릉리)의 천마산 밑에서 은거하던 중 고려 태조 왕건을 도와 건국에 혁혁한 공을 세워 통한삼합벽상 개국공신이 되었다.

조선 문과에 180여 명의 명신과 도덕 문장가를 배출한 명문가문이다.

중종 때 명궁수(名弓手) 조안국(趙安國), 좌의정 조익(趙翼), 영의정 조현명(趙顯命) 등이 있다.

한양 조씨(漢陽 趙氏)

시조는 지수(之壽)로 고려 때 벼슬이 쌍성총관에 이르렀으며, 용진에서 세거하다가 후손들이 조선 개국 때 한양으로 옮겨 득세하면서 명신을 많이 배출하였다.

성리학의 대가 조광조(趙光祖), 애국자 조병옥(趙炳玉), 시인 조지훈(趙芝薰) 등이 있다.

함안 조씨(咸安 趙氏)

시조 정(鼎)은 신숭겸, 배현경, 복지겸, 권행 등과 교우를 쌓으며, 고려 태조 왕건을 도와 후백제 견훤을 격파하고, 고려 통일에 공을 세워 개국벽상공신이 되었다. 고려조 멸망 때 이조에 협력하지 않아 은나라 백이숙제에 비견되는 정충대절(貞忠大節)의 성씨이다.

명필가 조연(趙涓), 병자호란 때 조헌, 고경명의 참모로 군량 조달에 애쓴 조평(趙平), 독립운동가 조명하(趙明河) 등이 있다.

평양 조씨(平壤 趙氏)

시조 춘(椿)은 은나라 사람으로 중국계이다. 그는 고려 때 남송에 가서 금나라를 토벌한 공으로 송나라 상장군이 되었다. 5대손 인규(仁規)가 충숙왕 때 몽고어 통역관으로 이름을 높이며 문하시중으로 평양 부원군에 봉해져, 후손들은 본관을 평양이라 하였다.

사당은 청계산에 있고, 성남시 여수동에 선산이 있다.

고려조 때 성절사로 원나라를 수십차례 다녀온 조인규(趙仁規), 영의정 조준(趙浚), 고려 말 충신 조견(趙狷) 등이 있다.

위 본 외에도 김제(金堤), 백천(白川), 옥천(玉川), 평산(平山) 조씨가 있다.

《삼국지》의 유비, 관우, 장비와 더불어 조자룡(趙子龍)은 명장이자 용장이다. 덕장 제갈공명과 더불어 백만대군을 물리쳤다는 영웅담은 아직도 인구에 회자된다.

조씨들은 기본 성향이 강하나, 사려심이나 분별력에서는 타의 추종을 불허한다. 한번 맺은 인연은 잘 배신하지 않으며, 사고방식이나 문제를 풀어가는 방식이 대국적이다. 나무보다는 숲 전체를 보는 혜안이 열려있는 성씨로, 사통 오달의 실력을 갖추어 대중의 실제 생활이나 실정법에 대한 개정 등을 이끄는 능력이 탁월하다.

조씨 성으로 문무를 겸비해 현생에서 성공하고 싶으면 용궁을 살펴 용신에 제사 지내기를 당부한다. 어차피 조상 줄기가 중국에서 해동 동양 천국을 찾아 물을 건너왔으니, 용왕신의 도움이 없으면 어찌 이 땅에서 관 줄기를 찾아 높은 직책을 누리며 재물을 부릴 수가 있었겠는가.

타 성씨보다 각 본이 골고루 득세하여, 이조 명문 가문으로 부러움을 산 안정성 있는 삶을 이끈 성씨이다.

08 윤 씨(尹氏)

    윤씨는 문헌상 149본이나, 지금은 10본 정도가 남아 명맥이 이어지고 있다.

    윤씨는 조선시대 대표적인 명문 가문으로 고려 때부터 세족으로 오다가, 이조 개국 이후에는 학자와 왕비 등의 인맥으로 조선 전기에 걸쳐 세력을 크게 확장하였다.

파평 윤씨(坡平 尹氏)

    시조 신달(莘達)은 태사 삼중 대신으로 그의 5세손 관(瓘)은 고려 문종 때 여진족을 토벌하여 개국백에 봉해지며, 영평(鈴平: 파평의 별호)을 본관으로 하여 세를 이어오게 되었다.

    문숙공이 함흥 광포를 건너 적군의 추격을 따돌리는데 잉어떼들이 다리를 놓아 살려주었다는 설화가 있어, 파평 윤씨는 잉어를 먹지 않는다는 속설이 생겼다.

시조 탄생 연못인 용연(龍淵)은 경기도 파주시 파평면 눌로리에 있으며, 향토유적 10호로 지정되어 있다.

여진족을 토벌한 윤관(尹瓘), 대제학 윤선좌(尹宣佐), 영의정 윤원형(尹元衡), 의사 윤봉길(尹奉拮) 등이 있다.

남원 윤씨(南原 尹氏)

시조 신달의 8세손 위(威)는 신종 때 안염사로 남원에 갔을 때 복기남(卜奇男)이 반란을 일으키자 이를 평정하고, 그 공으로 남원백에 봉해졌다. 남원에 세거하며 파평에서 분적하여 남원 윤씨가 되었다.

병자호란 때 청나라에 끌려가 죽은 오달재, 홍익한과 함께 삼학사(三學士)인 윤집(尹集)이 있다.

무송 윤씨(茂松 尹氏)

원 성씨는 소호(少皞)씨 였으나, 소호 금천씨의 아들 선(船)이 옹주의 윤성에 봉해져 윤씨가 되었다. 후손인 경(鏡)이 병란을 피하여 무송(현 전북 고창)에 세거하며 이어져 오고 있다.

정당 분학 윤택(尹澤), 임란때 세사를 시종한 윤똉(尹泂), 효자 윤영(尹暎) 등이 있다.

칠원 윤씨(漆原 尹氏)

시조 시영(始榮)은 신라조 태종 무열왕 때 태자 태사를 역임했다.

아들 황(璜) 이후, 고려조 때 백호장을 지낸 거부(鉅富)를 중시조로 한다. 17세손인 길보(吉甫)가 구성군에 봉해지며 칠원에 세거하여 본관을 칠원이라 하였다.

문하시중 윤환(尹桓), 효자 동호교관 윤징삼(尹徵三), 성균관학자 윤지술(尹志述) 등이 있다.

무송(茂松), 칠원(漆原), 해남(海南), 해평(海平) 윤씨를 제외한 나머지 본관은 모두 파평 윤씨에서 분적됐다고 본다.

윤씨는 명문 가문을 넘어서 명벌로 우리가 윤씨 조상을 부를 때는 '윤문(尹文)'이란 말로 예우하고 있다. 조선조에 관직을 보면 정1품 이조판서에서 종4품 정도로 주로 고위 직책에 포진해 있었으며 현재도 조상의 복록이 정수로 뭉친 사람은 국회의원이나 공무원 등 무관이 왕한 직업에 문관까지 겸비해 두루두루 섭렵하고 있다.

윤씨는 강하다. 처신이 위풍당당하고 꼬임이 없으며 대외적으로나 대내적으로 처신이 분명하다. 옳고 그름에 대한 판단력이 뛰어나 지능적으로 대처를 잘한다. 변별력이 뛰어나고 어떤 사안에 대해서는 남의 말도 잘 믿어주는 고지식한 면도 있지만, 편협하지 않고 성실하다.

이득이 없는 부분에는 관심이 없지만 모르는 부분은 전문가를 동원해서라도 알고 넘어가는 태도가 타인을 다스리는 데 귀감이 되고 있다. 일 잘하고 부탁을 하면 맞든 안 맞든 살펴서 남의 말에 귀를 기울이니 보편타당한 행정가 일꾼으로서는 제격이이다.

윤씨들은 조상공을 드릴 때도 신기가 새록하고 잘 가르쳐준다. 신들 조차도 영민한가. 뭔가 알려줄 때도 실 보다는 득이 앞서니 조상의 선몽이나 느낌을 믿기 바란다. 또한 조상님들이 원하는 부분에 코드를 맞춰 그대로 해드릴 것을 당부한다. 그리하면 몇 배의 복록을 크게 주실 것이다.

09 장 씨(張氏)

　우리나라 장씨의 기원은 중국으로부터 도래했다는 것이 통설이다. 도시조 장정필(張貞弼)은 본래 중국 절강성 소흥부용흥 사람이다. 888년에 출생하여 어린 나이에 아버지 원(源)을 따라 변란을 피해 강원도 강릉에서 경북 인동으로 옮겨와 살았다. 930년 김선평, 권행과 함께 항병을 모아 후백제 견훤을 토벌하고, 935년에 신라를 공략하여 삼한 통일의 공을 세우니 삼한벽상공신으로 부원군에 책봉되고 후세 사람들이 그 공덕을 기려 인동에 노전서원(蘆田書院)을 세워 봄과 여름에 제향하고 있다.

인동 장씨(仁同 張氏)

　인동 장씨는 대표적인 성씨로 시조 김용(金用)은 인동 사람으로 정필(태사공)의 후손이다. 고려 때 상장군을 지냈으며, 후손들이 옥산(인동)에 거주하였다. 장씨 성 중에 가장 많은 숫자를 자랑한다.

언론인 장지연(張志淵), 장면(張勉), 장택상(張澤相) 등이 있다.

덕수 장씨(德水 張氏)

시조 순용(舜龍)은 1275년(고려 충렬왕 1년) 충렬왕비 제국대장공주(원나라 세조의 딸)를 보필했고, 우리나라 덕수현에 살면서 부원군에 봉해지며 본관을 덕수로 하였다.

연산군 때 장록수가 부당하게 가로챈 토지를 나눠준 명관 장정(張珽), 학자 장선충(張善冲) 등이 있다.

흥덕 장씨(興德 張氏)

시조 유(儒)는 홍성현 사람으로 신라 말에 난을 피하여 중국으로 들어가 유학하였다가, 고려 태조가 삼한을 통일한 후에 귀국하여 광종 때 예빈성(禮賓省)에서 중국 사신을 접대하는 일을 했다. 시조 유가 홍성 사람이고 그의 6세손 기(機)가 홍산(홍성)군에 봉해져 본관을 홍성(홍덕)興城(興德)이라 하였다. 묘소는 전북 고창군에 있고, 향사일은 3월 20일이다.

생육신(生六臣) 김시습과 뜻을 같이한 장경원(張敬原), 상호언군가를 지은 장경세(張經世), 문신 장합(張合) 등이 있다.

안동(安東), 예산(禮山), 울진(蔚珍), 진안(鎭安), 진천(鎭川), 창녕(昌寧) 장씨 등은 모두 태사공 정필의 후손으로 시조를 이룬다.

신라 및 백제, 태봉, 발해시대에 장보고, 장변, 장빈, 장희암, 장문휴 같은 명장과 거상들이 《삼국유사》나 《고려사》에 기록은 되어 있으나, 출생지나 본관 등은 미고이다.

장보고(張保皐)의 본명은 궁복(弓福), 궁파(弓巴)이다. 서해남 지방의 토호로 당나라에 건너가 서주 무령군의 장수가 되었다. 귀국하여 828년(흥덕왕 3년) 군사 1만 명으로 청해진(淸海鎭: 지금의 완도)을 건설하여 해적을 소탕하고 서해남의 해상권을 장악하였다. 당, 신라, 일본을 잇는 해상무역을 통해 해상 왕국을 건설해 당에 교관선이라는 무역선을 보내고, 중국 산동성에 법화원이라는 절을 세웠다. 경제력과 무력을 앞세워 중앙정권에도 개입해 민애왕을 시해하고, 신무왕을 세우기도 하였다. 문성왕 7년 장보고의 딸을 차비(次妃)로 들이려 하였으나, 그가 해도인(海島人)이라 반대하였다. 이듬해 중앙정부에 반기를 드니, 장보고의 부하였던 염장(閻長)을 자객으로 보내그를 시해하였다.

장씨들은 성격이나 성질이 대단하다는 소리를 많이 듣는다. 성질이 유순하지 않고 괄괄하고 욱하는 성깔이 있지만 뒤끝이 없다. 여자는 여장부 소리를 들을 정도로 통이 크고 손도 커 웬만한 것에는 놀람이 없고 대범하고 생활력이 강하다. 장씨들은 무역이나 상업에 탁월한 능력이 있고 재물에 대한 집념 또한 내 몸을 아끼지 않고 일궈내 나중에는 큰 부자가 되는 사람들이 많다.

장씨들은 없어도 내색을 못 하고 나보다는 남에 대한 배려와 자존심이 우선이니 속으로 곪아도 절대로 손을 벌리는 법이 없다. 평생을 살아도 지존의 마음, 격조 부분에서는 따라올 성씨가 없다.

남의 부탁을 거절하지 못하고 손해되더라도 보살펴 주는 마음이 후에는 큰 공덕으로 자신에게 돌아올 것이다. 큰 보시보다는 깨알 같은 수많은 보시들이 나중에 자신에게 복록으로 돌아옴을 믿기 바란다.

10 한 씨(韓氏)

한씨는 문헌에는 131본이나, 현재는 곡산 한씨와 청주 한씨 2본만 남아있다. 우리나라 성씨 중 가장 오래된 역사를 가진 삼한갑족이다. 한씨는 중국 송나라 8학사의 한 사람으로 고려 희종 때 우리나라에 귀화한 한예(韓銳)를 시조로 하는 곡산 한씨와, 기자의 후예로 알려진 청주 한씨로 나뉜다.

청주 한씨(淸州 韓氏)

시조 한란(韓蘭: 태위공)은 고려 태조가 견훤을 칠 때 용맹과 지혜로 도우니 삼한 통일의 공을 이뤄 개 벽상공신에 추대된다. 기자(箕子)의 원손으로 41세손 준왕(準王)이 위만에게 나라를 빼앗기고 남하하여 금마(현 익산)군에 마한을 세우고 스스로 한왕이라 일컬었다. 마한 말기 원왕(元王)에게 세 아들 우평, 우성, 우경이 있었다. 우평은 북원 선우(鮮于)씨, 우성은 행주 기(奇)씨가 되고, 우경이 청주 한 (韓)씨가 되었다.

조선조의 명신 한명회(韓明澮), 시인이자 독립운동가인 만해 한용 운(韓龍雲) 등이 있다.

곡산 한씨(谷山 韓氏)

시조 한예(韓銳)는 중국 송나라 8학사의 한 사람이다. 1206년(고려 희종 2년) 동래하여 문하시중 평장사로 곡산 부원군에 봉해졌으며, 후손이 곡산에 세거하면서 본관을 곡산이라고 하였다.

한씨들은 훤칠한 키에 시원시원한 용모, 선선한 말씨 등 타 성씨 에는 볼 수 없는 신선 같은 면모가 있다. 한씨들은 성정이 곧고 청 렴정직하며 성품이 고귀해 신망을 얻는 데는 손색이 없다. 불의와 타협하지 않고 외곬으로 부러질지언정 꺾이거나 휘지 않아 현실에 서 손해를 보는 경향이 있다. 속내는 안 그런데 모사나 애교가 부족 하여 공연히 남의 오해를 사는 부분에 대해서는 그때그때마다 해명 을 할 필요가 있다.

비사교적이고 자신의 판단만 믿고 선호노가 분넝해 싫은 사람은 항상 싫어서 아무리 마음을 주려해도 받아들이지를 않고, 좋은 사람 에게는 지극정성을 다하는 충성심이 있다. 따라서 한씨 성의 사람 을 윗사람으로 모실 때는 일관된 행동이나 마음으로 눈 밖에 나지 말아야 한다. 한편 밑의 사람인 경우에는 흔들림이 없고 거짓이 없는 충성심이 일편단심이나, 혹시 남의 이간질로 입초상에 오르내리면 잘 판단을 해 속내를 살펴서 진위를 확인하기 바란다.

천명이 상극되면 운세의 흐름이 역으로 흘러 고생을 할 수도 있으므로 늘상 맑은 조상의 뜻이 무엇인지를 잘 간파하여 현실에서의 구복과 보시에 힘을 쓰기 바란다.

11 신 씨(申氏)

신씨는 문헌에 155본으로 나와 있으나, 고령, 아주, 평산 3본을 제외하고 나머지는 미고이다. 평산 신씨가 전체 신씨 중 대부분을 차지한다.

고령 신씨(高靈 申氏)

고령 신씨는 시조를 성용(成用)으로 하여 고려조 때부터 문무관을 겸비하였다. 8세손 숙주(叔舟)는 익재 좌리 공신으로 고령 부원군에 봉해지기도 했다.

이조 전반기에 크게 세를 떨친 명문 가문이다.

훈민정음 창제에 공이 큰 신숙주(申叔舟), 임란의 수군절도사 신여양(申汝梁) 등이 있다.

평산 신씨(平山 申氏)

이조 후반기에 크게 세를 떨친 평산 신씨의 시조는 신숭겸(申崇謙)이다. 고려 태조 왕건의 익재공신으로 927년(태조 10년) 대구 공산동수 전투에서 견훤의 포위로 전세가 불리하자 태조의 위급을 구출하기 위해 대신 어차를 타고 출전해 전사하였다. 이를 애통히 여긴 태조가 달성군 공산면에 지묘사를 세워 그의 명복을 빌게 했다. 1120년(예종 15년) 예종이 신숭겸과 김락(金樂)을 추도하여 〈도이장가(悼二將歌)〉를 지었다. 태백산 성태사사, 곡성 덕양사, 대구의 표충사, 춘천의 도포서원 등에서 신숭겸을 기리고 있다. 제향 묘소는 강원도 춘성군 서면 방동리에 있고, 음력 3월 3일과 9월 9일에 향사한다.

율곡 이이의 어머니 신사임당(申師任堂), 임란의 장군 신립(申砬), 독립투사 신태식(申泰植), 신우현(申禹鉉) 등이 있다.

살신성인보다 더 위대한 죽음은 없다. 어떤 위급한 상황에서 만약에 누군가가 나를 위해 대신 죽어준다면 그보다 더한 의로운 죽음은 없을 것이다. 신숭겸은 왕을 대신해 죽음으로써 그의 기개와 충절은 오랜 세월 입에서 칭송되고, 그 자손 또한 큰 복을 받는 명문가의 후손이 되었다. 지략이 출중하고 성패를 계산하지 않는 과감성, 불굴의 용맹성, 결단성 등은 신씨만이 갖고 있는 특징이다.

음력 3월 3일 삼짇날과 음력 9월 9일은 신을 모시는 신제자들이 산기도의 효험이 가장 뛰어나다고 하여, 대부분 산기도를 가서 산신제사를 지내는 날이다. 눈을 부릅뜬 대장군, 산신령들의 정기와 제

살능력 등 어떤 영적인 신의 능력을 받고 싶으면 이 날을 택해 조상
공을 드려보길 바란다. 분명 새록한 효험이 있을 것이다.

12 오 씨(吳氏)

오씨는 문헌에 210본으로 나와 있으나, 16본을 제외한 나머지는 미고이다.

오씨의 시조는 신라 22대 지증왕 때 중국에서 건너온 오첨(吳瞻)이다. 오씨는 상고시대 중국 양자강 부근의 오왕부차가 있었고, 그 손자 류양이 천자로부터 오씨 성을 하사받아 오왕이 되어 오나라를 다스린 것이 기원이다. 이후 류양의 46세손 오첨이 500년(지증왕 원년) 중국으로부터 우리나라에 들어와서 함양에서 22년을 살다 본국으로 갔다. 오첨의 둘째 아들이 남아서 함양에 살았고, 12대손 광우(光佑)를 거쳐 현손 연총(延寵)이 고려 문종 30년에 정착, 6세손 수권(守權)의 3형제가 각 오씨 성의 시조가 되었다.

해주 오씨(海州 吳氏)

시조 현보(賢輔)는 오씨의 비조 오첨의 24세손이다. 500년(신라 지증왕 1년) 동래하였고, 후손 연총(延寵)은 1107년(예종 2년) 부원수로 여진족을 토벌하였다.

병자호란의 충렬공 오달제(吳達濟), 형조판서 오두인(吳斗寅) 등이 있다.

나주 오씨(羅州 吳氏)

선조 오첨의 24세손 현보의 아들 5형제 중 제5자 숙규(淑珪)를 시조로 하고, 고려 때 중랑장을 지낸 그의 5세손 언(偃)을 1세로 하여 세계를 이어오고 있다. 언의 5세손인 자치(自治)가 조선 세조 때 이시애의 난을 평정하여 나주군에 봉해져, 본관을 나주로 쓰고 있다.

우의정 오겸(吳謙), 임란때 역대 실록을 내장산에 보존시킨 현감 오희길(吳希吉) 등이 있다.

동복 오씨(同福 吳氏)

시조 현좌(賢佐)는 오첨의 24세손이다. 고려 고종 때 형 현보의 아들 령(寧)과 함께 공을 세워 동복군에 봉해져, 본관을 농목으로 하여 세계를 이어오고 있다.

왜구를 격파한 오언(吳彦), 우찬성 오억령(吳億齡) 등이 있다.

보성 오씨(寶城 吳氏)

시조 현필(賢弼)은 오첨의 24세손으로 보성 오씨의 시조가 되었다.

연총(延寵)은 1107년(예종 2년) 부원수로 여진을 토벌하였고, 병조 판서 오자경(吳子慶)은 1467년 이시애의 난을 평정하여 보산군에 봉해지고 평안중도 절도사가 되었다.

나주(羅州)·고창(高敞)·평해(平海)·함평(咸平) 오씨는 해주 오씨에서 분관되었으며, 군위(軍威) 오씨는 동복 오씨에서 분관되었고, 장흥(長興)·함양(咸陽)·화순(和順) 오씨는 보성 오씨에서 각각 분관되었다고 한다.

오씨들은 난세 때마다 두각을 나타냈다. 연일 오씨 오준은 형조 판서를 지냈고, 장흥 오씨 천우는 병마절도사, 전주 오씨 준민은 병부상서, 함양 오씨 광휘는 삼척 울진에 출몰했던 왜적을 토벌한 공로로 함양 부원군에 봉해졌다. 낙안 오씨 사용은 왜군을 토벌해 포로를 원나라 왕께 바치니 금비옥대를 하사받기도 했다.

오씨는 연원이 중국이나, 그 행동을 보면 우리나라의 위기 때마다 적시적소에서 그 역할이 뛰어나 공을 세운 의로운 성씨이다. 외모는 아담하고 편안해 보이지만 씩씩한 기상과 꿋꿋한 절개로 위기 때마다 맡은 역할을 충실히 하고, 정세 대처능력이 탁월해 허례허식이 없다.

생각이 찬찬하니 매사를 신중하게 생각한다. 순수하고 정직한 성품에 예술적인 면모도 있어 신비주의적인 경향이 있으나, 축재능력이 약할 수 있다.

　인연법에 의하면 좋은 인연과 나쁜 인연이 있다. 오씨들의 인연은 중국에서 우리나라에 건너와, 이 땅에 정착해 혼신의 힘을 다하니 고마운 인연이 아닐 수 없다.

13 서 씨(徐氏)

　서씨는 문헌에 165본으로 나와 있지만, 지금은 11본 정도에 불과하다.

　모든 서씨는 이천 서씨의 시조 서신일(徐神逸)의 후손으로 추정된다. 기자 조선의 마지막 왕 42대손 기준(箕準)이 위만에게 쫓겨 지금의 이천 땅 서아성에 자리 잡으니, 역대 성씨 중 기자에 연원을 두고 있는 성씨는 서씨와 청주 한씨 정도이다.

대구 서씨(大丘 徐氏)

　시조를 한(閈)으로 하며 6대에 걸쳐 삼정승, 삼대제학을 지낼 정도로 명문 가문이었다. 문신 서거정(徐居正) 등 많은 인물을 배출해냈는데 대구를 식읍으로 하여 번성하여 대구 서씨로 하였다.

　의병장 서병희(徐丙熙), 독립운동가 서재필(徐載弼) 등이 있다.

달성 서씨(達城 徐氏)

시조 진(晉)은 고려 때 판도판서를 지냈으며, 달성군에 봉해져 본을 달성으로 하여 달성(대구)을 식읍으로 후손들이 번성했다.

임란때 조헌의 제자로 7백 의사와 함께 금산전투에서 순직한 서응시(徐應時), 한말 서화가 서병오(徐丙五), 제헌 국회의원 서상일(徐相日) 등이 있다.

당성 서씨(唐城 徐氏)

시조는 득부(得富)이고, 중국 당성에 토착한 호족을 8학사로, 우리나라에 와서 당성에 정착했다.

조선 중종조 때 성리학, 도학, 수학, 역학의 대가 화담 서경덕(徐敬德) 선생이 있다. 화곡서원에서 제향하고 있다.

이천 서씨(利川 徐氏)

기자의 42세손 기준이 이천 서하성에 자리를 잡으니, 그 후손들이 번성하였다. 시조 신일(神逸)은 신라 효공왕 때 국운이 다함을 알고, 효양산록에 복성당을 지어 은거하며 처사를 자칭하여 도를 닦으며 여생을 마쳤다.

서희(徐熙) 장군은 시조 신일의 손자로 80만 대군으로 봉산군을 뺏은 거란의 소손녕과 담판하여 위기를 모면한 최고의 지략가였다. 평장사로 압록강변의 여진족을 몰아내고 강동 6주에 성을 쌓으므로 옛 고구려의 영토를 되찾는 큰 공도 세웠다. 아들 눌과 유걸이 각각 문하시중과 좌복야를 지냈고, 눌의 딸이 현종의 비가 되어 고려사회 주요 문벌 귀족세력이 되었다.

서씨는 광대뼈가 나온 상호에 하관이 가파르고 눈꼬리는 치켜 올라갔으며, 턱수염이 많고 까칠한 제갈공명의 지혜와 안목이 있는 조상을 모시고 있다.

성정은 착해 동정심이 있고 타인의 심리를 간파하는 능력이 있지만 쟁론을 좋아한다. 지식이 결핍된 상태에서 이쪽저쪽 남의 말만 듣고 행동을 하면 호운일 때는 귀인이 도와주나, 악운일 때는 흥망성쇠를 조심해야 한다.

도인은 삼라만상 우주의 이치를 깨우치고 눈앞의 당장 이득보다는 미래의 열린 혜안을 얻고자 때를 기다리는 자다. 최고의 지략가를 조상으로 모신 후손들은 조상신의 의도를 잘 파악하여 마음의 문을 열고 귀를 기울여라. 그리하면 큰 복록과 명예가 서서히 찾아올 것이다.

묘소는 경기도 이천군 부발면 산촌리 효향산에 있고, 매년 음력 10월 1일에 제향한다.

14 권 씨(權氏)

권씨는 문헌에 56본으로 나와 있으나, 안동 권씨, 예천 권씨를 제외하고는 현재 54본에 대해서는 미고이다.

후백제 견훤을 토벌하는 데 왕건을 도와 큰 공을 세워, 고려 태조가 안동 땅에서 별장으로 지낸 김행(金幸)에게 능병기달권이라 하여 권씨 성을 하사하였다.

안동 권씨(安東 權氏)

권씨는 시조 권행(權幸)은 원래 신라 왕실의 후예로 본명이 김행이다.

후손 중 강화도 연동에서 태어난 권율(權慄) 장군은 문신(文臣)이면서도 타고난 장수감이었다. 선조 때 영의정을 지낸 권철의 5형제 중 막내로 태어나 조휘원의 딸과 혼인해 딸 하나를 두었는데, 이 딸이 나중에 오성대감(鰲城大監)이라는 별칭의 이항복(李恒福)에게 시집을 갔다.

그는 선견지명이 탁월하고 기지와 용기를 두루 갖춘 천부적 능력으로 나라를 국난에서 구출하였다. 임진왜란 때 이치(梨峙) 전투에서 첫 승리를 거두면서, 불과 2천 명의 병사를 가지고 무려 3만 명의 왜적을 물리치는 대승으로 역사에 길이 남는 행주대첩을 이끈 명장이었다.

정유재란 때는 명나라 장수 이여송, 마귀 등과 함께 왜군을 물리치니, 그 공이 또한 혁혁했다. 사적 56호로 지정된 행주산성에는 권율 장군의 행주대첩을 기리는 승전기념비가 있다.

사당 충장사(忠莊祠)는 권율 장군의 충절을 기려 지어졌고, 비문은 한석봉이 쓰고, 뒷면은 권율의 사위 이항복이 추모의 글을 남겨, 그 용맹함과 기개를 기리고 있다. 장군의 묘소는 경기도 양주군 장흥 유원지 권씨 묘역 안에 있다.

고려조 명신 권준(權準), 조선 중종조 영의정 권철(權轍), 독립운동가 권동진(權東鎭) 등이 있다.

예천 권씨(醴泉 權氏)

시조는 권섬(權暹)이며 흔(昕)의 후손으로 원래는 성이 흔이었는데, 고려 명종의 이름이 흔이므로 그의 외가 쪽 성을 따서 권씨로 고치게 되었다.

예천 지방의 호족으로 고려 충목왕 때 전공판서를 역임했으며,

본관을 예천으로 하여 세계가 내려오고 있다.

〈성종실록〉 편찬에 참여한 권오기(權五紀), 이황의 문하생으로 인문지리에 통달해 〈대동운부군옥(大東韻府群玉)〉 20권을 저술하였고 〈초간집(草澗集)〉을 쓴 권문해(權文海)가 있다.

권씨는 명문 가문으로서 법도와 예를 숭상하고 조상에 대한 제례 의식이나 공양하는 음식까지도 면면히 전래되어 내려오는 순수 성씨이다.

권씨 성의 후손들은 근골형으로 남이 함부로 대할 수 없는 위엄이 있다. 늘 매사에 신중하고 사려 깊고 성격 또한 대인의 풍모로 급한 것이 없으니, 외풍이나 외압에 시달림도 덜하고 사교적이지는 않지만 중용의 도를 잘 아는 성씨이다. 신의와 의리가 깊고 현실적인 약삭빠름은 없지만, 요소요소에 안정적인 직책에서는 권씨의 자리가 없는 듯 있는 듯 꼭 필요한 역할을 하고 있다.

국란이나 전쟁 등 대의적인 명분이 있을 때는 홀연히 자신의 몸을 던져서라도 나라를 지키는 애국충정이 남다른 성씨이다. 권씨 성을 가진 사람들은 이런 조상의 마음을 잘 헤아려 한 분야에서 제몫을 나하고, 조상 공양을 징싱껏 하면 반드시 큰 복록을 빌을 깃이다.

15 황 씨(黃氏)

황씨는 문헌에 163본으로 나타나 있으나, 11본을 제외하고는 미고이다.

황씨의 원조는 중국 황제의 후예인 황락(黃洛) 장군으로, 28년(신라 유리왕 5년) 한나라로부터 교지국(현 베트남)에 사신으로 가던 중 풍랑을 만나 평해에 표착하여, 그곳에 자리를 잡아 살게 되면서 황씨의 시조가 되었다.

황락의 후손에 갑고, 을고, 병고 3형제가 있어, 평해(平海), 장수(長水), 창원(昌原) 황씨의 시조가 되었다. 황씨는 이 3본에서 분파되어 현재에 이르고 있다.

성주 황씨(星州 黃氏)

성주 황씨의 시조 황세득(黃世得)은 1592년 임진왜란 때 이순신 장

군 휘하에 종군 선봉이 되어 고금도 싸움에서 큰 공을 세우고, 1597
년 정유란 때 이순신 함대의 선봉으로 공을 세우다가 이듬해 예고
싸움에서 전사하였다. 아들 박(珀)도 병자호란 때 전사하자 함께 제
향되었다. 향사일은 10월 15일이다.

장수 황씨(長水 黃氏)

장수 황씨는 시조 황경이 신라 경순왕의 부마로 시중을 지냈다.

중시조 황석부는 시조 황경의 18세손인데, 이조 4대 명신의 하나
로 손꼽히는 황희(黃喜)의 증조부로 호조 참의에 추대되었으며 본관
을 장수로 하였다.

황희 정승은 조선조 초기에 국가의 기틀을 다진 유능하고 노련한
정치가이며 청백리의 전형으로 조선조를 통틀어 가장 뛰어난 재상
이다. 성품은 강직하고 청렴하며 사리에 밝고 정사에 능통했지만,
때로는 소신을 굽히지 않아 좌천과 파직을 거듭했었다. 황희는 백
성을 위하는 마음에 조선조의 기틀을 마련하고, 결국 요직을 두루
걸쳐 말년 18년 동안 세종을 도와 큰 공을 세웠다.

창원 황씨(昌原 黃氏)

창원 황씨는 황락 장군의 후손 병고를 시조로 하여 8파가 분파되었
다. 황자, 황인검, 황인점의 유명한 명신 3부자를 비롯해, 고려 충혜
왕 때부터 공밍왕까지 5대조에 걸쳐 높은 관직을 두루 섭렵하였다.

공희공파의 석기는 회산군(창원군)에 봉해져 후손들이 창원을 중

심으로 세거하였다.

황씨들은 고집 면에서는 타의 추종을 불허하지만, 청렴하고 맑은 심상, 남을 위해 일하는 청백리의 으뜸인 조상을 모시고 있다. 물욕이 없고 마음이 깨끗하며 악의가 없다. 비범한 인물로 학예에 뛰어난 재능이 있으며 낭만적이다. 상대방의 심중을 헤아리는 예리한 투시력에 슬기로움까지 있는 덕 있는 성격의 소유자이다.

어질고 순수한 조상님들이 원하는 대로 살면 악운일 때도 기사회생하는 대운의 줄기를 잡을 수 있다. 남을 먼저 배려하는 보시의 마음을 가지면 크게 발복할 수 있다.

16 송 씨(宋氏)

송씨는 문헌에 172본으로 나와 있으나, 15본을 제외한 나머지는 미고이다.

송씨의 도시조는 중국 경조 출신으로 당나라에서 호부상서를 지낸 송주은(宋柱殷)인데, 우리나라에 귀화하였다. 송주은의 7세손 송순공의 후손 자영의 세 아들이 송씨 가문의 시조가 되었다.

유익은 려산(礪山) 송씨, 천익은 은진(恩津) 송씨, 문익은 서산(瑞山) 송씨로 하여, 송씨는 모두 위 3파의 후손이라고 본다.

려산 송씨(礪山 宋氏)

시조 유익은 고려조에 추밀원 부사를 지냈고, 그의 4세손인 중시조 송례는 고려 원종 때 려양(려산의 고호) 부원군에 봉해져, 본관을 려산으로 하여 그 세계가 이어지고 있다.

시조 유익의 묘소는 여산 문수동에 있고, 매년 동짓날에 향사한다.

태종을 사냥길에 표범으로부터 구출한 송거신(宋居信), 성리학의 대가로 김장생, 김집 등을 배출한 송현필(宋賢弼) 등이 있다.

은진 송씨(恩津 宋氏)

시조 대원(大原)은 려산 송씨의 시조 유익의 아우 천익의 후손으로 은진에서 세거하여 왔다.

후손 중 우암 송시열(宋時烈)은 봉림대군(효종)의 사부로서 17세기 중엽 이후 붕당정치가 절정에 이르렀을 때, 서인·노론의 영수이자 사상적 지주로서 북벌론의 기수로 세도정치론을 역설했다. 병자호란 때 인조를 따라 남한산성에 들어갔으나, 1637년 왕이 항복하고 소현세자와 봉림대군이 청에 인질로 잡혀가니, 10년간을 초야에 묻혀 후진 양성에 힘썼다. 효종 9년 이조판서에 올라 북벌계획을 추진했다.

송시열은 이이의 학통을 이은 김장생, 김집 문하에서 성리학과 예학을 수학하였다. 기호학파의 학맥을 근간으로 이기론(理氣論)에서 퇴계 이황의 이기호발설(理氣互發說)을 배격하고, 이이의 기발이승일도설(氣發理乘一途說)을 지지하여 사단칠정(四端七情)이 모두 이(理)라고 하는 일원론적 사상을 발전시켰다. 사단칠정은 맹자의 성선설을 근간으로 하여 인성(人性)은 인(仁), 의(義), 예(禮), 지(智)의 사성과 희(喜), 노(怒), 애(哀), 구(懼), 애(愛), 오(惡), 욕(欲)의 칠정으로 되어있다는 설이다.

정통 성리학자로서 저서로는 《주자대전차의》, 《논맹문의통고》, 《경례의의》 등이 있고, 문집으로 《우암집》, 평양감영에서 출간한 《송자대전(宋子大全)》 215권 외에 다수의 저서가 있다. 평생을 명나라는 숭상하고 청나라를 배척해 중화적 세계질서를 확립하고자 한 조선 후기 성리학의 대가이다.

신평 송씨(新平 宋氏)

려산 송씨에서 분파된 송씨 중에 신평 송씨는 시조 유익의 12세손 말손이 홍주의 신평에서 살면서 그 세계가 이어져 오고 있다.

신평 송씨(1)의 시조 구진은 고려조에 봉익대부로 감판관을 지냈다. 후손들이 신평(홍주)을 본관으로 한다. 독립운동가 송진우(宋鎭禹)가 있다.

신평 송씨(2)의 시조 자은은 이조 세종 때 순창 군수를 지냈다. 병란을 거치며 후손들이 남쪽으로 이거, 자은을 시조로 본관을 신평으로 쓰며 세거하였다.

연안 송씨(延安 宋氏)

연안 송씨(1)의 시조 경(卿)은 고려 공민왕 때 친성시로 1359년(공민왕 8년) 홍건적을 물리친 공으로 연안 부원군에 봉해졌다. 후손들이 연안을 본관으로 하여 세거하고 있다.

고려 대사성 송광언(宋光彦), 이조 예조판서 송보산(宋寶山) 등이 있다.

연안 송씨(2)는 신라 박혁거세 때 전고랑을 지낸 도시조 지겸으로부터 비롯되어, 고려 태조의 개국시에 소부소감을 지내고, 염주(연안)군에 봉해진 위(瑋)를 거쳐, 고려 고종 때 호장을 지낸 한(꾸)을 시조로 하며, 본관을 연안이라 하여 세계가 계승되고 있다.

성리학자 송지일(宋知逸) 등이 있다.

송씨들은 조상이 중국의 고위 관료로서 덕망이 있고 배려심이나 마음 씀씀이가 호인의 기질을 지닌 채로 우리나라에 귀화를 해서인지, 남들과는 다른 심상의 소유자로 보여진다. 치국이나 정치, 행정면에서 박학다식하고 아는 것이 많아 타인과의 소통에서 우위를 차지하는 후손이 많다.

대인의 기개가 맑은 기와 불의와도 타협하지 않는 개혁적인 성향, 남의 심리를 꿰뚫는 직선적인 마음까지, 송씨들은 사교적이지는 않지만 한번 마음을 먹어 그 사람을 믿으면 끝까지 가는 심지가 굳은 성씨이다.

하지만 현실은 복마전 같이 속고 속이는 악과 선이 공존하는 세상이다. 남을 너무 믿거나 의지해 손해를 보거나 당했다는 느낌이 들지 않도록 좀더 세밀하고 영리한 마음이 요구된다. 헛되이 살기보다는 창조적 재능과 지적인 호기심으로 대업을 이루길 바라는 마음이 강하다.

17 안 씨(安氏)

안씨는 문헌상에 109본으로 나와 있으나, 6본을 제외한 나머지는 미고이다. 안씨의 본성은 이(李)씨로서 806년(신라 애장왕 7년)에 당나라에서 넘어와 개성의 송악산에 정착한 이원(李瑗)의 아들 3형제가 864년(신라 경문왕 4년) 왜구를 평정한 공으로 안씨를 사성받았다. 큰 아들 방준은 죽산(竹山) 안씨, 둘째 아들 방걸은 광주(廣州) 안씨가 되었다.

굉주 인씨(廣州 安氏)

중국 용서 사람 이원이 806년(신라 애장왕 7년) 당나라에서 개성 송악산에 정착하였다. 아들 3형제가 왜란을 평정한 공으로 안국의 공신이라 하여 안씨 성을 받았고, 둘째 아들 방걸은 고려 태조 때 광주를 토평한 공으로 광주군에 봉해져 본관을 광주로 하였다.

제자백가에 통달하고 필법이 뛰어난 학자로 임란때 군량 수송을 담당한 안민학(安敏學), 이황을 사숙한 역사학자로 〈동사강목(東史綱目)〉을 편찬한 안정복(安鼎福) 등이 있다.

순흥 안씨(順興 安氏)

순흥 안씨는 고려 신종 때 보승별장을 지내고 신호위상호군에 추봉된 자미(子美)를 시조로 하여, 세 아들 영유, 영린, 영화를 중심으로 한 3파가 주류를 이룬다. 시조 자미의 묘소는 경북 영주군 순흥면에 있었으나 실전돼, 제단을 설치하여 매년 음력 10월 1일에 향사한다.

근세기에 들어와 순흥 안씨 중 도산 안창호(安昌浩)와 안중근(安重根) 의사를 빼놓을 수가 없다.

도산 안창호 선생은 '참되자(務實), 일하자(力行), 미쁘자(忠義), 날쌔자(勇敢)'의 4대 정신으로 큰 선비운동 흥사단(興士團)을 일으켰고, 잠을 자도 대한독립, 밥을 먹어도 대한독립이란 마음으로 일제에 항거하여 인도의 간디와 같은 정신적 지도자로 추앙받고 있다.

안중근 의사는 민족사의 참담한 어둠 속에서 구원의 별이 되신 분이다. 만주 하얼빈역에서 동양 평화의 교란자인 이등박문을 처단하고 내 한몸을 불살라 조국 광복의 영웅으로 추대받는 분이시다.

그 외 작곡가인 안익태(安益泰) 선생이 있다.

죽산 안씨(竹山 安氏)

806년 중국 용서 사람으로 우리나라에 들어와 개성의 송악산 자락에 정착하게 된 이원의 세 아들 지춘, 엽춘, 화춘이 의적을 평정하고 대공을 세워 안씨 성을 하사받았는데, 큰아들 방준이 죽산군에 봉해져 그를 시조로 하여 세계가 이어져 내려오고 있다.

형조판서 안윤행(安允行), 구한말 서양식 신화폐를 처음 주조한 안동수 등이 있다.

안씨들은 살신성인을 몸소 실천한 조상을 바로 앞에 둔 복 있는 성씨이다. 풍상고락을 겪으면서도 다 이유가 있고, 명분과 실리가 없으면 움직이지 않는 난세의 영웅 같은 성향이 있다. 천운이 운세의 흐름을 좌지우지하니 불의나 위기에 대처해서는 빛나는 투혼을 발휘하는 기개가 있어 한번 마음먹은 일은 끝까지 관철해내는 진중함이 있다.

정의나 법에 고지식하고 보수적인 기질이 강하다. 대인관계에서도 한번 믿으면 끝까지 믿는 곧은 심상의 소유자가 많고, 합리적이지만 상식에 벗어나지 않고 요령을 싫어하고 원칙을 잘 지킨다.

자신의 내면의 소리를 듣고 행농하는 지성이 뵐 때, 안씨 후손들은 조상님들의 의중에 코드를 맞추게 되는 게 아닌가 싶다.

18 홍 씨(洪氏)

홍씨는 문헌에 59개 본이나, 현재는 10본 정도가 남아있다. 남양, 풍산, 부계, 홍주, 경주, 풍천 홍씨를 대표로 해서 발복이 되었고, 그 나머지 많은 본이 미고이다.

남양 홍씨(南陽 洪氏)

남양 홍씨 당홍계(唐洪系)의 시조 홍천하(洪天河)는 고구려 영유왕 때 당나라에서 귀화한 8학사의 한 사람이다. 신라 선덕여왕 때 유학 발전에 공을 세워 신라 문예 중흥에 큰 역할을 하여 당성(남양의 고호)백에 봉해졌으며, 태자태사가 되었다. 이후 고려 개국 공신인 홍은열을 중시조로 하여 세계가 계승되며, 본관을 남양이라 하였다.

남양 홍씨 토홍계(土洪系)는 고려 고종 때 금오위 별장을 지낸 홍선행을 시조로 하고 있다. 홍선행(洪先幸)은 벌족들의 기틀을 정비하

고 정돈해 가세가 크게 번창하였다

홍익한(洪翼漢)은 척화신(斥和臣)으로 몰려 윤집, 오달재와 함께 유배되어 순국하였다.

홍주 홍씨(洪州 洪氏)

홍주 홍씨의 시조 홍규(洪規)는 고려 태조 왕건이 남벌할 때 홍주에서 처음 만나 계책을 세워 수원을 공략하는 데 공을 세웠다. 또 견훤의 군대를 토벌하는 데 공을 세워 해풍(홍주) 부원군에 봉해졌다.

문하시중평장사 홍욱(洪旭), 판관 홍사철(洪師喆) 등이 있다.

풍산 홍씨(豊山 洪氏)

시조 홍지경(洪之慶)은 1242년(고려 고종 29년) 문과에 장원급제하였다. 관직이 국자감직학에 이르렀으며, 풍산(안동 지역)에 정착하여, 세거하면서 후손들이 본관을 풍산으로 하였다. 선산은 경북 안동군 풍천면에 있다.

세도정권의 태두에 홍국영(洪國榮)이 있다.

홍씨는 이조 500년을 통해 많은 인물을 배출한 명문 벌족으로 손꼽히고 있다.

뒤주에 갇혀 부왕 영조에 의해 죽임을 당한 사도세자의 부인은 혜경궁 홍씨(惠慶宮 洪氏)였다. 영의정이자 부원군인 아버지 홍봉한이 있었음에도, 벽파의 선두인 숙부 홍인한은 오히려 사도세자를 죽이는 데 앞장을 서게 되고, 남편이 뒤주 속에 들어가며 한많은 생을 마감하는 것을 회상하며 피눈물로 쓴 《한중록》이 후대에 전해졌다.

영조 때 농민반란의 지도자인 남양 홍씨의 자손 홍경래(洪景來)는 세도정권의 부패와 삼정(三政)의 문란 등 사회적 모순에 항거하여 1811년 조선왕조의 전복을 목표로 농민반란을 일으켰다. 서자 출신 우군칙(禹君則)과 가산의 다복동을 근거지로 군사훈련을 하며 의주의 인삼상인 임상옥(任尙沃)의 자금까지 조달받아 12월 18일 거병했다. 거사는 잘 이뤄지는 듯이 보였지만, 결국 관군의 초토화 작전에 밀려 4개월간의 저항 끝에 함락되고 말았다.

홍씨는 학문이 높고 지혜가 남다르면서도 두뇌가 영리한 사람이 많다. 자존심도 세고 타 성씨보다는 우월감이 강하다. 자만심이 강해 고통과 시련을 열매가 맺히는 과정으로 생각하며 때를 기다리는 경향이 있다. 중대사를 처리함에 미숙함을 용납하지 못하며 까다롭고 예민한 성향이 남과의 융화보다는 지배를 하고자 하는 면이 있다.

하지만 참을성이나 진중한 부분에서는 약하고 약간의 조급증도 있다. 자손에 대해서도 '왜 내 뜻대로 시원히 못 하고 저리 미적미적하나' 하는 점에서 답답해하는 경향이 있다. 욱하는 성질을 눌러야 한다. 이론이나 학문적 결단이 꼭 현실적으로는 맞지 않다는 점을 인지하고, 돌다리도 두드려 보는 심성이 필요하다.

성격은 밝고 명랑해 금방 깨우치고 알아듣는 것이 영민하고 예능과 재능 부분에 탁월한 성씨이니, 후손들도 그러한 조상들의 성향을 잘 알고 공을 드리길 부탁한다.

19 심 씨(沈氏)

심씨는 문헌에 63본으로 나타나 있으나, 4본을 제외한 나머지는 미고이다.

심씨는 이조 500년 동안 정계를 주름잡은 10대 문벌의 하나이다. 조선시대 문과 급제자 224명, 상신 15명, 대제학 2명, 왕비 3명, 부마 4명을 배출하여 조선 10대 벌족의 하나로 꼽힌다. 풍산 심씨 상신 2명을 제외하고는 모두가 청송 심씨에서 나왔다.

풍산 심씨(豊山 沈氏)

시조 만승(滿升)은 본래 중국 오흥 사람으로 상선을 따라 동래하여 태백산 자락 풍산현에 정착하였다. 박학다식하고 총명하여 문장으로 명성이 높아 예종 때 태자첨사부첨사에 올랐다.

기묘사화의 핵심 좌의정 심정(沈貞)이 있고, 임란때 우의정이며 팔도 의병 도대장의 칭호를 받은 심수경(沈守慶)은 시문에 탁월하여 〈유한잡록(遺閑雜錄)〉을 집필했다.

삼척 심씨(三陟 沈氏)

시조 동노(東老)는 고려 숙종 때 군기소감을 역임하고, 후손이 고려조에 예부판서 집현전 학사를 하며, 진주(삼척)군에 봉해졌다. 이후 삼척을 본향으로 세거 본관을 삼척으로 하였다.

판서 심언광(沈彦光)은 김안로의 횡포에 맞서다 함경도 관찰사로 좌천되었으나, 1537년 김안로 사후 우찬성 등을 역임했다.

청송 심씨(靑松 沈氏)

청송 심씨의 시조는 고려 때 위위사승을 지낸 심홍부(沈洪孚)이며, 그의 4세손인 심덕부는 고려 충숙왕 때 왜구를 섬멸하였다. 공민왕 때는 문하시중이 되어서 청성(청송의 고호)군 충의백으로 봉해졌다. 심원부 형제 대에서 경파(京派)와 향파(鄕派)로 갈렸다.

야사에 의하면 명당 하나를 얻기 위해 명지관에게 하얀 옷 한 벌과 용돈을 드려가며 10년 공을 드린 끝에 타 사당터에 부모의 묘를 쓰니, 그것이 청송 심씨 2대 묘라, 그때부터 수많은 학자와 왕비까지 나왔다는 설이 있다.

심씨는 선조 때를 고비로 사색당쟁의 주역과 조역이 되었다. 성종 때 훈구파와 사림파의 대립과 갈등은 연산군에서 명종에 이르는 50여 년간에 걸쳐 4대 사화가 일어나고, 그 갈등은 김효원이 동인(東

人)으로, 심의겸이 서인(西人)으로 하는 파벌싸움으로 번졌다.

심의겸(沈義謙)은 이황의 문인으로 구세력을 대표하는 인물이니, 김종직 계통의 신진세력으로 김효원이 등장하자, 윤원형에게 아부한 사실을 빌미로 싸움이 시작되어 동서분당이 생기게 되었다.

심씨는 기가 맑고 강하며 고집이 있다. 심씨 하면 왠지 심지가 굳고 거짓말을 할 것 같지 않다는 생각이 드는 것도 어쩌면 면면히 내려온 조상님들의 음덕이 아닌가 싶다. 심씨는 현생에 와서 숫자가 많거나 번화(繁華)하지는 않다. 하지만 요직이라든가 필요한 직책에서는 높은 자리에 위치해 제몫을 다하는 사람이 많다. 의지가 강해 매사 일을 처리함이 능숙하고 신망과 호감이 가는 대기만성형의 사람들이 많다.

사교면에서도 선호도가 분명하여 노력한다고 친해지는 것이 아니고, 많은 사람을 사귀기보다는 자기 편으로 몇몇만 완전한 사람을 만들기 좋아한다. 속내를 잘 드러내지 않으므로 접근하기 어려운 면이 있다.

겉으로 요란한 것보다는 내실이 있는 성씨, 하나를 해도 제대로 하기를 바라는 조상님들의 성향이 아닌가 싶다. 심씨로 태어난 자손들은 관직이든 학문이든 한 가지를 택해 끝을 보는 심상을 기르길 바란다.

20 지 씨(池氏)

지씨는 문헌상에 80여개의 본관이 전하나, 현재는 충주(忠州), 단양(丹陽), 광주(廣州) 지씨 등이 세계를 이어오고 있다. 봉주 지씨(鳳州智氏) 정도가 남아 있고 나머지는 미고이다.

충주 지씨(忠州 池氏)

충주 지씨의 시조 지경(池鏡)은 중국 송나라 홍농(弘農) 사람으로 960년(고려 광종 11년) 송나라 태학사로 봉사관(奉使官)이 되어 고려로 이주하여 그대로 정착하면서 일족을 이루었다. 고려 초기 미비한 문물과 제도를 정비해 지금의 수상급에 해당하는 태보평장사에 이르렀고, 1003년(고려 목종 6년) 9월 9일에 향년 101세의 나이로 서거하니 시호가 선의공(宣懿公)이다.

그 후 5세손인 지종해(池宗海)가 충주에 세거했으며, 문하시랑 평장사로 충원백(忠原佰)에 봉해졌는데, 그 후손들이 충주를 본관으로 하여 세계를 이어오고 있다. 시조의 묘소는 평안남도 중화군 간동면 부원리 화문동에 있는데, 남북이 분단되어 참배를 할 수가 없어 근래에 충주 시내에 추모비를 세워 제사를 지내고 있다.

지경의 후손들은 여러 파로 분파되어 계대를 이어 오고 있다. 이 중 문하시중 평장사를 지낸 지중익(池重翼)의 겨드랑이 밑에 비늘이 있다 하여, 고려 태조가 어씨(魚氏) 성을 하사하여 충주 어씨로 분적했다.

단양 지씨의 시조는 안찰사를 지낸 지득심(池得深), 광주 지씨의 시조는 안찰사를 지낸 지자심(池資深), 봉주 지씨의 시조는 고려 때의 명장 지채문(智蔡文)이다.

《삼국유사》의 '신라시조 박혁거세 편'을 보면 박혁거세를 왕으로 추대했던 육촌(六村) 중 진지촌의 촌장이 지백호라고 나와 있다. 신라 51년 지충강이 8학사로 신라 개국공신이 됐고, 이후 32년(유리왕 9년) 지씨가 경주 정씨로 성을 하사받았다. 하지만 524년이 지난 무열왕 시내에도 계속 지백호라 호칭된 깃으로 미루어보면, 그 후손 중 계속 지씨를 사용한 후손이 있었음을 알 수 있다.

지씨 문중이 그동안 간행한 문헌지와 족보에는 고려 광종 때 지경 선생이 시조라 기록되어 있으나, 지백호와 지충강 선생은 시조 지경보다 1000년 전에 신라의 고관 대작의 재상직에 있었으니, 필시 그 후손들이 대를 이었으리라 짐작된다. 정씨(鄭氏)와 지씨(池氏)는 같은 핏줄일 개연성이 높다.

지씨는 고려 명문 귀족으로 지금의 수상(首相)에 해당하는 평장사(平章事)만도 11대에 걸쳐 36분이 나왔으니, 그 위세를 짐작할 수 있다. 그러나 이성계의 이씨왕조에 협력하지 않고 절의를 지켜 숙청되어, 그 세가 많이 약화됐다. 포은 정몽주도 선죽교에서 시해당하니 고려 충절의 대표적 두 성씨가 되었다.

충주 지씨 후손으로 1636년(인조14년) 병자호란때 남한산성에서 항전하다 전사한 지여해(池汝海), 우리나라 최초로 종두법을 실시한 지석영(池錫永) 선생, 독립운동가로 김좌진 장군과 함께 청산리 전투를 치룬 지청천(池靑天) 장군 등이 있다.

지씨는 유순하지만 총명하고 예지력이 남다르며 원만하고 온후한 성격을 지니고 있다. 또한 초현실적 이상주의와 합리적 사고방식이 공존하는 성품을 가지고 있다. 완벽한 준비와 예민한 감수성이 천성적으로 왕(旺)해 매사를 정확히 끝을 맺는 성미이다. 진리와 학문을 즐기지만 자연을 사랑하는 초연한 심성도 지니고 있다. 이런 양면적인 성향이 내면의 폭발할 것 같은 의욕을 일으켜, 성취감, 욕망 등이 어우러져 큰 일을 할 때는 몰입이 심해 자칫 건강을 해칠 수도 있다.

신의 줄기가 훨씬 안정적이고 흔들리지 않는 자아의식, 송곳 같은 예리한 통찰력이 인물을 알아보는 내면의 감각이 뛰어나다. 초연한 무소유의 마음은 정신적 지도자가 될 소양이 다분하지만, 지는 것을 싫어하고 자긍심이 강해 깊은 우정을 나눌 벗은 적다. 실행력이 강하고 남보다 훨씬 뛰어난 수완가로서 허허실실의 인내력을 소유하므로 인생의 경쟁무대에서 뒤지지 않는다.

천운이 있으면 때를 기다리고 대륙적 기개가 큰 뜻을 이룰 수 있음을 믿어라.

21 민 씨(閔氏)

민씨는 본래 공자의 10철(十哲) 중 일 인인 민자건(閔子騫)의 후예로, 고려 중기 사신으로 왔다가 려흥(여주의 고호)에 정착해 세거하였다.

시조는 고려조 때 상의봉어(尙衣奉御)를 지낸 민칭도(閔稱道)이다.

문헌상으로 여흥(驪興), 황려(黃驪), 영주(榮州) 등 3본이 전하나, 황려는 여흥의 옛 이름이고, 영주는 여흥의 한 분파로 근래에 와서는 본관은 여흥 하나만 있을 뿐이다.

여흥 민씨(驪興 閔氏)

여흥 민씨는 문인공파(文仁公派)와 문순공파(文順公派)로 나뉘어져, 역사상 세 차례에 걸쳐 득세를 한다. 고려 말에서 이조 초기, 조선 숙종조 때부터 영조 때까지, 구한말 고종조 때에 이르러 두각을 나타냈다.

조선에는 모두 4명의 민씨 왕비가 있었다. 태종 이방원의 비인 원경왕후, 장희빈에 의해 수모를 당한 숙종의 비인 인현왕후, 고종의 비인 명성황후, 순종의 비인 순명효황후 등 4명의 왕비를 중심으로 외척의 세력들이 득세하였다. 역사상 민씨 성의 왕비들이 활동하던 때는 다 국가의 태동기나 변란, 국운이 회오리치던 급변기일 때였다.

고종 때 민영환(閔泳煥)은 홍문관 대제학, 이조판서 등을 거쳐 러시아에 특명전권공사로 황제 니콜라이 2세 대관식에도 참석했다. 영국, 독일 등 6개국 대사를 역임해 일찍 개화에 눈을 떠 개혁안을 정치에 반영시켰다. 1905년 을사조약이 체결되자 울분을 참지못해 유서를 남기고 자결하였다. 그가 자결시 피묻은 옷을 둔 골방 마루 밑에서 푸른 대나무가 자라났다는 설이 있다.

민씨는 권력의 중심축에서 부귀와 명예도 누렸지만, 한편으로는 수많은 고통과 아픔을 지닌 조상을 모시고 있다. 두뇌는 명철하고 신묘한 지략과 운기의 흐름에 영민하게 대처하는 성향을 지니고 있다. 냉철한 이성과 온후한 성품의 이중적인 면에서, 어두운 역경을 이기고 약동의 기지개를 끼는 빔인을 잎시가는 선긱자적인 강힌 심상이 자리잡고 있다.

돌연변이적이고 순간 복록의 급부상을 바라는 후손들은 민씨 조상에 대한 예우를 극진하고 철저하게 하라. 반드시 그 답이 있을 것이라 믿는다.

22 문 씨(文氏)

문헌에 131본 중 현재는 남평(南平), 감천(甘泉), 정선(旌善)의 3본 정도가 이어지고 있다.

감천 문씨(甘泉 文氏)

시조 문원길의 선대에서 중국에 들어갔다가 문장으로 이름을 날려 문씨 성을 하사받아 문씨로 개명했다고 한다.

남평 문씨(南平 文氏)

남평문씨는 신라 20대 자비왕 때 사람인 문다성(文多省)을 시조로 한다.

설화에 의하면 472년(신라 자비왕 15년) 2월 전남 나주군 남평면 소재 장자지란 큰 못의 바위에 석함이 있어 열어보니 사내 아이가 있었다. 함면에 '文' 자가 있어 문씨 성을 사성받게 된다.

총명하고 재능이 출중해 5세 때 문사에 통달하고 무략이 뛰어나 지증왕 1년에 중시아랑이 되었다. 이에 진흥왕 1년에 대국사가 되고, 577년 진지왕 2년에는 대아랑대국사가 되어 식읍을 3천호나 받으며, 남평개국백에 봉해졌다.

지금도 전남 나주군 남평면 소재지에서 동쪽으로 3마장 쯤 가면 장자지란 못이 있는데, 그 곁에는 우뚝 솟은 바위가 있어 남평 문씨의 발상지로 유명하다. 높이가 6미터 쯤 되고 바위 위에는 후손들이 문암이라는 비석을 세워놓아 문씨 시조의 탄생지임을 말해 주고 있다. 아무리 가물어도 물이 마르지 않는 못가의 문다성(文多省)을 모신 장연서원에서 매년 음력 9월에 향사하고 있다.

평장사 문극겸(文克謙)은 정중부의 난 때 미리 좌천되어 화를 면했고, 문익점(文益漸)은 원나라에 갔다가 목화씨를 가지고 와 장인 정천익(鄭天益)과 함께 고향에서 재배하여 우리나라 의류 및 경제발전에 큰 역할을 하였다.

정선 문씨(旌善 文氏)

시조 임간(林幹)은 본래 전씨였는데, 중국에 들어갔다가 문징으로 이름을 날려 문씨 성을 사성받아 문씨로 개성(改姓)했다 하며, 벼슬이 문하시랑평장사에 이르렀다. 정선 문씨는 정선 전씨(全氏)의 분종이라 본다.

문씨는 신비한 설화만큼 신기가 왕하고 예지력이 있으며 매사 거짓이 없는 우직한 성품을 가지고 있다. 고지식하지만 예의 바르고 한 가지 일도 흐트러짐이 있거나 대충하는 것을 싫어한다.

사교성이 부족해 한번 사귄 사람은 끝까지 오래가지만, 낯가림이 심해 속내를 잘 드러내지 않아 오해를 사기도 한다. 인덕이 약해 홀로 고독과 싸우며, 한 가지 목표를 향해 고군분투하면 대성하는 명운이 있다. 외로움이나 쓸쓸함을 많이 타 정에 약하여 누군가 잘해주면 감격하여 그 사람을 실리를 따지지 않고 믿거나 좋아하는 착한 성격이다. 막힘이나 꼬임이 없는 순수성이 있는 성씨이다.

철저한 검증이 필요한 정치, 교수나 연구, 창조적 예능직에 종사하거나, 성실히 일하는 중간관리자의 역할로서 손색이 없다. 설화만큼이나 신비로운 삶의 여정에서 공도 들이고 복도 빌어보는 문씨들은 인생 후반에 발복이 잘 된다.

23 전 씨(全氏)

전씨는 문헌에 178본이 있으나, 17본을 제외한 나머지는 미고이다.

전씨는 백제 개국공신 전섭(全聶)을 도시조로 하고 있다. 고구려 동명왕(주몽)의 셋째 아들 온조가 10인의 막료를 이끌고 남쪽 부여에 도읍을 정하고 백제를 건국했는데, 당시 10신 중의 한 사람이 전섭이다.

본관은 정선(旌善)을 위시하여 감천(甘泉), 경주(慶州), 기장(機張), 나주(羅州), 성산(星山), 옥천(沃川), 완산(完山), 용궁(龍宮), 죽산(竹山), 천안(天安), 평강(平康) 선씨 등이 있나.

모든 전씨는 한 할아버지의 혈통이다.

정선 전씨(旌善 全氏)
시조 전섭은 고구려 동명왕의 셋째 아들 온조를 모신 공신으로 부여에 도읍을 정하고 백제 건국에 공을 세운 공신으로 환성군에 봉해졌다. 8세손 선이 정선군에 봉해져 본관을 정선으로 하여 세계가 전해져 내려오고 있다.

태사공 전이갑(全以甲)은 고려 개국공신이다.

천안 전씨(天安 全氏)

천안 전씨 후손인 전봉준(全琫準)은 1855년 전라도 고부군 양교리에서 전창혁의 아들로 태어났다. 몰락한 양반의 후손으로 1894년 갑오 농민전쟁에서 농민군의 총대장으로 활약한 혁명가이자 동학운동의 지도자였다.

전봉준은 봉건제도를 타파하고 일본의 세력을 저지하면서 조국의 근대화를 이루려고 하였다. 동학은 '수심경천(守心敬天)의 도(道)이다.' 라는 기치를 내걸었다. 1892년 무렵 교주 최시형에 의해 고부지방의 접주로 임명되었는데, 왜소한 체구로 녹두장군이란 별명이 붙었다.

일본군을 이 땅에서 몰아내고 친일적인 개화파정권을 타도하여 합의적인 권력기구를 수립하여 폐정을 개혁하려는 의지는 제1, 2차 농민전쟁이 실패로 끝나며 좌절되고 말았지만, 전국적인 대규모의 봉기는 역사에 길이 그 이름을 남겼다.

금세기 들어서도 우연치 않은 때 전씨들이 득세해 순간 천운의 승기를 맛보는 데는 강한 운줄기가 있지 않나 싶다. 역경과 난관을 극복하는 불굴의 의지와 통솔력, 실리와 명분이 진퇴 양난의 절박한 때에도 힘을 발하는 칠전팔기의 기상이 있는 성씨이다.

야생마 같은 생명력이 천운을 타고났을 때는 역사의 영웅이지만, 좌절되거나 꺾일 때는 패자로서 유명을 달리하니, "역사는 도전과 응전"이라는 토인비의 말이 실감난다. 역사는 승자의 것이며, 승자에 의해서 씌어지는 파란만장한 삶의 큰 테두리이다.

인류의 역사속에는 수많은 영웅호걸이 명멸하고 사라진다. 어떤 때는 권력을 잡아 부귀영화를 누리고, 어떤 때는 낙마하여 귀향가서 사약도 받으니, 모든 힘의 논리에서 천운만큼 커다란 부분은 없는 것 같다. 전봉준은 비록 천운을 받지 못하고 형장의 이슬로 사라졌지만, 그 이름은 후대에 남겨졌다.

동학의 인내천(人乃天) 사상을 몸소 실천하여 뜻을 이루려던 조상의 마음을 본받으면 후손에게도 큰 복으로 돌아갈 것이다.

24 고 씨(高氏)

고씨는 양(梁)씨, 부(夫)씨와 함께 본래 탐라(제주)의 지배 씨족으로, 이들 시조 탄생에 대해서는 삼성혈(三姓穴)의 전설이 널리 알려져 있다. 삼신인 고을나, 부을나, 양을나가 한라산 북쪽 기슭 모흥혈에서 솟아나왔다고 한다. 이들 삼신이 동쪽 바닷가에서 상자를 얻어 열어보니 세 미녀와 오곡종자와 망아지, 송아지가 들어있어, 세 여인을 배필로 맞아 목축과 농사를 지었다 전하니, 이것이 탐라 개국설화이다.

제주 고씨(濟州 高氏)

고씨는 고을나(高乙那)를 시조로 하여 45세손 자견왕(自堅王)까지 탐라 군주로 세습해 오다가, 938년(고려 태조 21년) 태자 말로(末老)가 고려로 건너가 탐라 고씨의 중시조가 되었다. 1295년(충렬왕 21년) 탐라가 제주로 개칭되어 제주 고씨가 되었다.

말로의 아들 3형제 유, 강, 소는 고려 때 과거급제하여 본토 진출이 시작되었으며, 고려조에 9상서 12한림의 후손을 배출하였다. 조선조에도 수많은 인재가 도덕이나, 문장, 충효, 열사로서 탐라왕국 자손의 긍지를 뽐내었다.

고용지(高涌之)는 고려 명종때 대장군으로 정중부의 난에 공을 세웠고, 고경(高慶)은 5세 때부터 시문을 지은 신동으로 태학사가 되었다. 동래부사 고경명(高敬命)은 임란때 의병 6천명을 모아 싸우다 장렬히 전사하였다.

고씨는 타 성씨와 달리 탐라국을 다스리던 왕의 조상을 가지고 있다. 세파에 부화뇌동하지 않고 의연한 성품, 언제나 한결같은 마음으로 충과 의를 표하니 어진 마음까지 겸하면 금상첨화라. 늘 주위에 사람이 많고 다들 좋아하는 성품을 가졌지만 강인함이 부족하다.

바다와 같은 포용성과 풍요로움이 따뜻한 심성을 갖고 있지만 의외의 고집과 자존심을 세워 호기를 놓치기 쉬우니 실기하지 마라. 고씨 성을 가진 후손으로 크게 되기를 원하면 반드시 탐라국의 조상 줄기를 찾아 공을 드려라. 설화가 강할수록 신기는 센 법이고, 원하는 것을 위해서는 끝을 보는 인내심이 필요하다.

25 어 씨(魚氏)

어씨는 문헌에는 19본이나, 현재는 충주 어씨와 함종 어씨 2본을 제외하고는 미고이다.

충주 어씨(忠州 魚氏)

충주 어씨는 본성이 지씨(池氏)였는데, 시조 어중익(魚重翼)의 겨드랑이 밑에 비늘이 있다 하여 고려 태조가 이를 보고 어씨 성을 사성하였다고 한다. 그 후 성균진사를 지낸 승진의 증손 유소(有沼)가 세조 때 이시애의 난을 토벌하고 예성(충주의고호)군으로 봉해져, 승진(升震)을 1세조로 하여 이어져 오고 있다.

어유소(魚有沼)는 세조 2년 무과에 장원급제한 후 1467년 이시애의 난을 평정했다. 명나라가 건주위를 칠때 청병하자 좌대장으로 출전하여 큰 공을 세우므로 명황제로부터 상을 받았다.

함종 어씨(咸從 魚氏)

함종 어씨의 시조 화인(化仁)은 본래 중국 빙익현 사람으로 남송 때 본국의 난을 피해 우리나라에 와서 강원도 강릉부에 살다가, 다시 평남 함종(현 강서군)현으로 이사하여 본관을 함종으로 하였다.

인구수는 적어도 역사적으로 함종 어씨는 선의왕후 어씨가 이조 20대 왕 경종비가 되면서 국혼도 했고, 조선조에 30명 정도의 문과 급제자와 정승과 명신을 많이 배출한 성씨이다. 함종 어씨 중흥의 조상은 면곡공이 집현전 직제학을 했고, 아들 문효공은 집현전 교리로 세종의 총애를 받기도 했다.

어윤중(魚允中)은 구한말 대신으로 일본과 청나라와의 외교에서 탁월한 능력을 보였다. 임오군란 이후 각 외교문서를 초안하고 1893년 보은에서 최시형과 담판하여 동학교도를 해산시키기도 했다. 1896년 아관파천 때 보은으로 가던 중 용인에서 친노파에 의해 살해되었다.

어씨는 첩첩산중 산세 높은 맑은 기가 부드럽고 따뜻한 성품을 갖고 있으며, 동자 동녀의 어린 아이 같은 신비감이 있는 성격의 소유자로, 귀인이나 운세의 흐름에 홍낭이 빈삭한 성씨이나. 맑은 물에는 물고기가 놀지 못하고, 탁한 물에는 먹이는 많아도 무리가 따르니 느낌이나 감각대로 행동해도 늘 다사다난하다.

어씨 후손 중 이민 간 기업 회장님이 한 분 있는데, 강원도 땅에 조부모의 묘가 있었다. 그런데 꿈에 선몽하여 빛이 밝게 비추길래

미국 LA로부터 날아와 조상공을 드리고 갔다. 큰 일을 앞두고 선택의 기로에 섰을 때 조상님의 맑은 기가 먼 미국 땅까지 전달되지 않았나 싶다. 강력한 신기를 부릴 때 성공을 부른다.

26 노 씨(盧氏)

노씨는 문헌에 137본이나, 현재 11본을 제외한 나머지는 미고이다.

노씨는 주나라 건국공신인 강태공의 후예가 제나라 노현에 봉해 진데서 연유한다. 우리나라 노씨의 도시조 노수(盧穗)는 중국 범양 사람으로 안록산의 난을 피해 아들 9형제를 데리고 우리나라에 들어와 정착하게 되었다.

9형제가 광산(光山), 교하,(交河) 풍천(豊川), 장연(長淵), 안동(安東), 안강(安康), 연일(延日), 평양(平壤), 곡산(谷山)으로 본관을 삼고 분관 하였다.

광산 노씨(光山 盧氏)

시조 노수(盧穗)는 중국 범양 사람으로 755년 안록산의 난을 피해 이홉 아들을 데리고 우리나라에 귀화하였다. 그의 아들 해(垓)가 신라조에 벼슬을 하여 공을 세우므로 광산백에 봉해져, 후손들이 본관을 광산으로 하였다.

교하 노씨(交河 盧氏)

노수의 아들 오(塢)의 후손인 강필(康弼)이 고려 초에 태조를 도와 개국공신이 되었고, 의성부원군에 봉해진 다음 교하로 옮겨 세거하였다.

풍천 노씨(豊川 盧氏)

노수의 아들 지(址)의 후손인 유(裕)를 1세조로 하여 신라조 때 풍천백에 봉해져 후손들이 풍천을 본관으로 세거하였다.

임란 때 동래교수 노개방(盧蓋邦)은 부사 송상현과 함께 동래성을 끝까지 지키다 전사하여 밀양의 충효사에서 제향하고 있다.

노씨는 수나라가 망하고 당나라 고조와 태종 때부터 수많은 재상과 유학자 등을 배출한 명문 갑족이었다. 노씨 성은 왕(王), 사(謝), 최(崔)씨와 함께 중국 4대 성씨에 드는 대(大) 성씨이다.

중국 의술의 시조인 편작(扁鵲)은 본명이 노부(盧附)이고, 중국 불교 선(禪)의 1조(祖) 달마대사의 6조가 노혜능(盧慧能)이다.

현대에 와서 노씨가 크게 득세한다고는 누구도 생각지 못했으리라 짐작한다. 하지만 노씨들이 마지막 대권을 거머쥔 데는 노씨 조상들의 면면히 흐르는 대국적 큰 힘의 줄기가 있지 않았나 싶다.

권력은 승자만이 맛볼 수 있는 최고의 기쁨이다. 전쟁이든 선거든 시험이든 이왕 할 거면 이겨야 되는 것이 삶의 법칙이다. 정치를 잘 하든 못 하든 시작점에서는 다 똑같다. 하지만 승자와 패자의 갈림길에는 누구도 예측하지 못하는 천운(天運)의 법칙이 있다.

일순간 누구의 얼굴에서 황제의 광채가 서릴 것인가? 중국 최대 중흥기인 당나라 때 득세했던 노씨 성들의 힘과 저력은 어디서 연유되며, 어떤 줄기를 잡아 승리를 쟁취하게 했는가.

노씨 성을 가진 후손들은 조상님들의 공덕에 감사해라. 이왕이면 잘 풀리고 잘 먹고 잘 사는 현생이 행복도를 더해 주고 살맛난다는 것은 의심의 여지가 없다.

27 손 씨(孫氏)

손씨는 문헌에 118본이나, 현재는 7본 정도가 남아있고 나머지는 미고이다.

고대 신라가 국가로 성립되기 전 원시 부족사회는 사로(서라벌)로 이루어졌는데, 6촌장이 각각 손(孫), 이(李), 최(崔), 정(鄭), 배(裵), 사(篩)로 사성받았다고 한다. 때는 32년(신라 유리왕 9년)이었고, 손씨를 사성받은 무산 대수촌장의 이름은 구례마이다. 경주(慶州), 밀양(密陽), 월성(月城), 청주(淸州), 평해(平海) 손씨 등은 모두 구례마를 도시조로 하여 번성하였다.

일직(안동) 손씨 시조 손응(孫凝)은 본래 성이 순(荀)이었는데, 고려 현종의 이름인 순(詢)과 음이 같다 하여 손씨 성을 하사받았다고 한다.

밀양 손씨(密陽 孫氏)

시조 순(順)의 선세계는 신라 6부 촌장의 한 사람인 구례마(俱禮馬)이다. 순은 흥덕왕 때 효자로서 월성군에 봉해지고, 손자 익감, 익담, 익원의 3형제 중 익감이 신라조에 공을 세워 웅천(밀양의 고호)군에 봉해져 본관을 밀양이라 하였다.

월성 손씨(月城 孫氏)

시조 순(順)의 손자 익원(翼洹)이 월성(경주의 고호)군에 봉해지고 본관을 월성으로 하여 세계를 이어오고 있다. 아들이 노모가 음식을 탐한다 하여 취향산으로 묻으러 갔지만 석종이 나와 되돌아왔다. 흥덕왕이 그 사실을 알고 효행에 탄복해 집과 곡식을 내려주니 집을 홍효사라 하고 석종을 걸게 하였다. 시호는 문효이며 향사일은 10월 1일이다.

손씨는 구한말 의암 손병희(孫秉熙) 선생 같은 위대한 독립지도자를 후손으로 갖고 있다. 본관은 밀양이고 충북 청원에서 손두흥의 서자로 태어났다. 의협심이 강하고 큰 체격에 호랑이 상호의 장군 상이었나. 과묵했시만 적서 차별이 있는 사회에서 근 뜻을 펼치기는 힘들자, 고종 19년 22세 때 큰조카 천민(天民)의 권유로 동학에 입문하였다.

손병희는 1919년 3·1항일운동 당시 33인 민족의 대표 가운데 한 사람으로 일찍이 개화정책을 추진하여 근대교육을 실시하였다. 보성학원을 인수하고, 보문관을 세워 출판을 하고, 창신사를 설립해 〈천도교 월보〉를 발행했다.

3·1운동을 알리는 수만 장의 전단을 인쇄하고 가회동 집에서 집결하게 하는 등 실제적인 3·1운동의 일등 공신이었다. 태화관에서 독립선언식을 거행한 뒤 일본 경찰에 자진출두하여 검거되었다.

최제우, 최시형의 뒤를 이은 동학의 3대 교주이다. 백성을 널리 구제하고 나라와 백성을 평안하게 한다는 동학의 인내천(人乃天) 사상은 오늘날에도 천심이 민심이고 오직 별 탈 없이 잘 먹고 잘 살고 싶다는 인간 삶의 명제에 꼭 부합되는 말이다. 세상이 변하지 않으려 해도 내가 변하고 민심이 변하고 천심이 변하면 결국은 잘 살고 차별 없는 세상이 온다는 것은 누구나 원하는 바이다.

손씨 성의 조상들이 가지고 있는 교육과 문화, 독립의 자존감 등으로 민중을 교화시키고 지식을 습득시켜 똑똑한 후손만이 나라를 안 뺏기고 독립을 지킬 수 있다는 생각은 매우 중요하다. 계획하고 구상한 부분을 실행함에는 실력이 우선이다. 실력이 없으면 잘 알지 못하니 좌절하고 중도 포기를 하게 된다.

교육자로서 출판까지 경영해 책으로써 민중을 교화시킨 것은 천 마디 말보다도 더 많은 사람들에게 골고루 전파하려는 의지의 행위다. 큰 나무가 땅속 깊이 뿌리를 내려 흙의 자양분으로 골고루 나뭇잎이 자란다.

조급해하거나 쉽게 생각하지 말고 천천히 시간을 두고 공덕을 쌓다보면 운이나 기회도 나를 찾아온다는 것을 믿어라. 끊임없는 공부와 후천의 투자에 손색이 없는 성씨의 후손들은 이런 높은 조상의 뜻과 의중을 잘 파악하는 것이 중요하다고 본다.

28 임 씨(林氏)

임씨는 문헌에 216본으로 나타나 있으나, 나주(羅州), 평택(平澤)을 제외하고는 미고이다.

나주 임씨(羅州 林氏)

나주 임씨는 고려 대장군 임비(林庇)를 원조로 한다. 임비는 1281년(고려 충렬왕 7년) 왕을 보필하여 원나라에 다녀온 공으로 시종보좌 공신으로 봉해졌다. 그 후손인 임탁(林卓)이 해남현무로 있다가 태조 이성계가 개국을 하자 회진현에 세거하여, 이후 회진현이 나주에 속해짐에 따라 본을 나주로 하였다.

평택 임씨(平澤 林氏)

평택 임씨는 은나라 왕자 비간(比干)의 아들 견(堅)이 장림산에 은거하였기 성을 임이라 하였다. 도시조 임팔급(林八及)이 간신의 참소를 피해 동료 학사 7인과 당나라로부터 동래하여 평양의 용주방에 자리 잡으면서 시작된다. 팔급은 이부상서의 벼슬로 변방을 침략하는 적병을 토벌하며 용주방에 세거한다.

평택 임씨 중 임경업(林慶業) 장군은 1594년 충북 충주 탄금대 근처의 대림산 기슭에서 임황과 파평 윤씨 부인의 넷째 아들로 태어났다. 병자호란 때 의주성, 백마산성을 굳건히 지켜 압록강을 건너온 청나라 태종의 10만 대군도 피해갈 정도로 용맹과 기개가 하늘을 찔렀다.

친청파의 거두 안동 김씨 김자점과는 평생을 반목하며 명나라를 숭상하였다. 임경업의 용맹과 지략은 불멸의 영웅으로 서민 대중의 마음 속에 자리잡아 사후 민중신앙의 신장(神將)으로 추앙받는 역사상 몇 안 되는 대장군이다. 이름을 떨치니 남자로 태어나 임경업만큼 그 명성이 자자할 수가 없었다. 임경업 장군은 강한 힘과 열정, 불의에 끝까지 타협하지 않는 용기 등 '대장부' 세 글자를 가슴에 품고 산 역사 속 풍운아이다.

임꺽정(林巨正)은 조선 중기의 의적(義賊)으로 명종조 때 백정과 천민들을 규합해 지배층의 수딜징치에 저항하니, 정국을 위기로 몰아넣은 도적이었다. 홍길동, 장길산과 함께 조선 3대 도적으로 일컬어진다.

그는 경기도 양주에서 백정의 신분으로 태어나 뜻을 같이 하는 농민들 수십 명과 집단을 이뤄 황해도 산악지대를 중심으로 도적질을 하면서 경기도, 평안도까지 세를 넓혔다. 관청이나 양반, 토호의 집을 습격하여 이들에게서 뺏은 재물을 빈민에게 나눠주며 의적으로서의 명성을 높이며 인심을 얻었다. 참모인 서림(徐林)이 체포되면서 세가 꺾여 1562년 토포사 남치근이 이끄는 관군의 추격을 받던 중 서흥에서 부상을 입고 체포되어 15일 만에 죽임을 당했다.

임꺽정의 의적활동은 연산군 이후 명종 대에 이르기까지 조선 전체에 일어났던 농민봉기의 일환으로 지배층에 저항해 자연발생적으로 일어났다. 지배층은 흉악한 도적으로 치부하였지만, 민중은 의적으로 영웅시하였다.

난세를 평정하고 급변기에 대처하는 능력은 아무나 할 수가 있는 일이 아니다. 자고로 사나이 대장부는 풍운아적인 기질이 용기와 맞물려 온갖 역경을 고난이라 생각지 않고 구사일생의 신념을 헛되이 쓰지 않는다.

산전수전을 겪더라도 한번 맺은 인연을 배신하지 않으며 어떠한 경우라도 변심을 하지 않는 신의로 인해 많은 추종자를 만들기도 한다. 임씨는 겉으로는 강직해 보여도 속 심성이 착하고 동정심이 많아 측은지심을 가지고 있으니, 나보다는 남을 위하는 대의명분이 파란만장한 삶에 중요한 의미를 부여한 조상을 갖고 있다.

대장군이든 의적이든 귀결점은 같다. 잘 먹고 잘 살기를 바라는 마음이 후대까지 복록으로 갈 수 있도록 자기 조상 성씨께 공을 쌓고 음덕을 기다려라. 어떻게 살든 자신의 삶은 자신만의 것이다. 이름 없는 범부로 세상을 편히 살다 갈 것인가? 파란만장한 삶 속에서 이름 석 자만이라도 후대에 남기고 가는 용기를 가질 것인가? 성군은 평화시에 만들어지고 영웅은 난세에 만들어진다.

29 나 씨(羅氏)

나씨는 문헌에 46본 정도이나, 금성(錦城), 나주(羅州) 나씨를 제외하고는 미고이다.

금성 나씨(錦城 羅氏)

금성 나씨는 원래 중국 축융씨(祝融氏)의 후예로 춘추시(주평왕 2년)에 나국에 봉해지면서 나씨가 되었다. 그 후 당태종 때 상서좌복사 나지강(羅至强)이 고구려를 정벌하라는 명에 반대하고 우리나라에 망명해, 발라현(나주의 고호 금성)에 정착하여 신라 때 벼슬이 좌승상에 이르렀다.

고려 초기 삼한벽상 일등공신 나총례(羅聰禮)를 시조로 한다. 시조 총례의 11세 손에서 분파되어 금성, 안정, 군위를 본관으로 하고 있다.

나대용(羅大用)은 이순신의 부하로 선박을 제조하여 그 공으로 삼 지창과 청룡도를 하사받았다. 참의 나만갑(羅萬甲)은 정묘호란 때에 는 강화에서 그리고 병자호란 때에는 남한산성에서 항전하였다.

나주 나씨(羅州 羅氏)

나주 나씨는 원래 중국 백익(伯益)의 후예로 우나라에서 벼슬을 하다가 주나라 때에 대 나씨가 되었고, 성왕 때 국가에 공훈을 세워 나씨가 되었다. 당태종 때 수선관을 지낸 나부(羅富)가 정란을 피해 우리나라에 들어와 본관을 나주로 하였다. 그 후 나득규(羅得虯)를 중시조로 하여 5파로 갈라져 내려오나, 현재는 직장공파가 주류를 이루고 있다.

나씨는 관향인 전라도에 주로 거주하며 세를 키웠다. 시조의 제단 은 전남 나주군 나주읍 송월리에 있고, 매년 3월 15일에 향사한다.

태조 왕건이 군사 3천 명으로 금성을 정복하고 나주 오다린의 딸 로 비를 삼으니 훗날 장화왕후로 고려 2대왕 혜종의 어머니가 된다.

나주의 금성산은 진산(鎭山)으로, 영산강과 더불어 나주의 상징이 되었다.

무속에서는 금성대왕을 칭송하고 나주목의 번영과 부귀 재물에 대한 기복신앙이 타 지방보다 강하다. 고려 태조의 뒤를 이은 2대 왕 을 만들었다는 자긍심에 면면히 내려온 모계의 음덕 줄기가 강하다.

시인 나응서(羅應瑞), 여류화가 나혜석(羅蕙錫), 한말 대종교주 나철

(羅喆) 등이 있다.

토착신앙에 대한 마음이 열려있고, 남이 하는 말을 의심없이 받아들이는 우직함이 있어 성정의 꼬임이 없다. 신기가 왕한 성씨이니 반드시 조상의 음덕과 신기의 줄기를 찾아 잘 믿고 대접하면 발복을 할 것이다. 선대의 영광에 마음과 정성을 다해 귀를 기울이면 큰 복이 오리라 믿는다.

30 배 씨(裵氏)

배씨의 시원은 신라 개국 이전에 신라 6부촌 중 김산가리촌의 촌
장인 지타(태사공)가 다른 5부 촌장과 함께 박혁거세를 신라 초대왕
으로 추대하여 개국 1등 공신으로 서훈되었다. 그 후 32년(신라 유리
왕 9년) 김산가리촌을 한지부로 고치고 배씨 성을 사성받았다.

경주 배씨(慶州 裵氏)

고려 말 궁예를 폐하고 왕건을 고려왕으로 추대하니 신숭겸, 복
지겸, 홍유 등과 함께 일등 개국공신이 된 배현경(裵玄慶)이 경주 배
씨의 시조이자 모든 배씨 성의 도시조로 보고 있다. 그의 현손 사혁
(斯革)의 네 아들이 분파, 맏아들 원룡은 김해, 둘째 천룡은 성주, 셋
째 운룡은 대구, 넷째 오룡은 홍해 나씨 등으로 분적했다.

조선시대 때 왜구토벌에 공을 세운 개국공신 성산 배씨 배극렴(裵

克廉)이 영의정을 지냈고, 후손들이 이조 47명의 문과 급제자를 배출한 명가문이 되었다.

배씨는 신라, 고려, 조선 등 새로운 나라 건설의 태동기 때마다 그 역할이 지대한 성씨였다. 분명히 무슨 의미나 뜻이 있지 않았나 싶다. 꼭 그 성씨의 사람을 들어 쓴다 함은 새로운 시대를 열고 새로운 인물을 맞이할 때마다 필요한 예지력이나 능력의 출중함이 남달랐다고나 할까?

어느 시대든 실력 있는 인물은 요소요소마다 꼭 필요하게 마련이다. 창조적인 성향의 호기심이 천하를 돌다보면 만사를 섭렵하게 되고, 그 능력이 결국엔 대업을 이루는 밑거름이 되니 보람 있는 귀명이다.

현생에서도 회사가 창업을 하거나 하다못해 식당을 개업을 하더라도 배씨 성을 들어서 쓰면 심성이 착하고, 의외로 일도 잘하며, 독특한 발상이 신선할 때가 많아 사업을 크게 일으킨다.

배씨 성의 후손들은 인물을 볼 줄 아니, 귀인을 만나면 그것이 천우신조인 줄 알고 지극정성을 다해 적시에 안타를 칠 수 있는 기회를 호시탐탐 엿보아 호기를 잡기 바란다.

31 조 씨(曹氏)

창녕 조씨(昌寧 曹氏)

조씨의 시조 계용(繼龍)은 신라 진평왕의 여서(女壻: 사위)이다. 그의 모친은 창녕현 고암촌에서 한림학사 이광옥의 딸로 태어났다. 그가 혼기에 이르렀을 때 우연히 복중에 청용질(靑龍疾)을 얻어 백약이 무효였다. 학사가 크게 걱정하던 중 어느 신승의 말에 따라 화왕상 용담에 가서 목욕기도를 마치고 돌아온 후 신기하게 병이 완쾌되어 태기가 있었다.

꿈에 금관을 쓰고 옥대를 두른 한 남자가 나타나 "이 아이의 아버지는 동해 용왕의 아들이니라! 잘 키우면 공후(公侯)가 될 것이며, 자손도 번영할 것이니라!" 하였다.

진평왕 48년 득남하니 용모가 준수하고 겨드랑이 밑에 조(曹)자가 붉게 씌어져 있었다. 이를 본 학사가 이상히 여겨 이를 왕께 아뢰자

성은 조(曹), 이름은 계용(繼龍)이라 하였다. 뒤에 장성하여 직위가 금자광록대부 태자태사에 이르고 부마로 삼으니 창성부원군이 되었다. 그의 후손들이 계용을 시조로 하고 창녕을 세거지로 하여 본관을 삼게 되니, 창녕 조씨로 세거되어 오고 있다.

시조의 묘역은 경북 안강읍 노당이리에 있다.

성리학의 대가 조위(曹偉), 유학자 조식(曹植), 민족운동가 조만식(曹晩植) 선생들이 있다.

창녕 조씨는 조씨라는 성보다도 본관과 함께 불리는 '창녕 조씨'가 더 유명하다. 왜냐하면 조상들의 강한 단결과 담합심 등이 타 성씨보다도 강하다. 폐쇄적이기는 해도 당신 자손들에 대한 조상들의 단합심이 자손의 입장에서 보면 반가운 일이다. 어렵고 힘든 일이 당신 자손들에게 있을 때 합심해서 물리쳐주고 귀인을 붙여주는 일에 대접받은 많은 조상신들이 힘을 합하니 개운의 길도 더 빠르고 잘 되는 것이 분명하다.

32 류 씨(柳氏)

류씨는 문헌에 131본 정도이나, 대부분 미고이다.

문화(文化), 진주(珍珠), 고흥(高興) 류씨가 세계를 이어오고 있다.

문화 류씨 시조는 고려 삼한익찬공신 류차달이고, 진주 류씨 시조는 고려 상장군으로 진강 부원군이 된 류정이고, 고흥류씨 시조는 신라 말 호장 영(英)이다.

문화 류씨(文化 柳氏)

시조 류차달(柳車達)은 차무일(車無一)의 38세손이다. 그의 5대조인 차승색이 신라 애장왕 때 좌상으로 애장왕을 죽이고 왕이 된 헌덕왕을 시해하려다 실패, 유주(문화의 고호)로 도피하였다. 조모의 성씨인 양(楊)을 모방하여 류(柳)씨로 변성하였다. 고려조 건국 시 군량 보급을 도와 익찬벽상공신에 추대되고, 고려 태조가 유차달의 장자인 효전에게 차씨를 계승케 해 연안 차씨의 시조가 되게 하였다. 차자인 효금에게는 유주에 살면서 류씨를 계승케 해 문화 류씨가 되었다. 따라서 문화 류씨와 연안 차씨는 이성 동족으로 같은 조상의 혈손이다.

고흥 류씨(高興 柳氏)

시조 영(英)은 신라의 호족으로 신라 말 정치가 혼란하자 흥양(고흥의 고호)으로 이거하여, 고려 개국 후 호장으로 지냈다. 그의 7세손 청신(淸臣)이 고려 충선왕 때 도첨의 정승을 지내고 고흥 부원군에 봉해짐에 따라 후손들이 본관을 고흥으로 해서 세계를 이어오고 있다.

3·1운동의 애국열사 류관순(柳寬順)이 있다.

류씨는 불의에 대항하는 심상이 맑고 깔끔하며 내면의 생각이 행동을 앞서가게 만드는 힘이 있다.

사교술이 뛰어나고 영리하며 재치가 있으나 깊이가 부족하여 남으로 하여금 잇속에 대한 오해를 사기가 쉽다. 많은 사람과 교분을 갖고 있으나, 인덕이 부족하니 수양을 쌓는 것이 중요하다. 속마음은 착하지만 고독함이 내재되어 있다. 타인에게 성심성의껏 진심이 통하게 행동하면 발복을 할 것이다.

33 량 씨(梁氏)

시조 양을나(良乙那)는 삼신인 고을나, 부을나, 양을나가 한라산 기슭 모홍혈에서 솟아 나왔다는 탐라(제주도) 삼성혈의 전설에서 유래한다.

후손 중 탐라의 귀족인 양탕(梁宕)이 광순사의 직함으로 신라 조정에 들어와 국빈 대우를 받으니 성주왕자의 작호를 내리고, 그때 양(良)을 량(梁)으로 기록한 것이 량씨로 고쳐진 연유가 되었다. 양만춘(梁萬春)은 당태종이 30만 대군으로 고구려를 침공하자 안시성에서 항전하여 승리하였다.

남원 량씨(南原 梁氏)와 제주 량씨(濟州 梁氏)가 있다.

남원 량씨(南原 梁氏)

시조는 양을나이며, 중시조 양우량(梁友諒)은 양탕의 후손으로

757년(신라 경덕왕 16년) 때 큰 공을 세워 남원백에 봉해지며 남원 량 씨가 되었다.

세종조때 집현전 학자 양성지(梁誠之)는 〈고려사〉 재편찬을 비롯 하여 〈팔도지리지〉, 〈동국지도〉를 편찬하는데 참여했고, 〈해동성 씨록〉을 편찬하였다. 저서에 〈눌제집(訥齊集)〉이 있다.

제주 량씨(濟州 梁氏)

시조는 양을나이며, 중시조 양순(梁洵)은 682년(신라 신문왕 2년) 때 신라에 입국하여 왕에게 표문(表文)을 올려 국학에 입학하였고 한림 학사로 촉탁되었다. 이후 한라군으로 봉해지고 본관을 제주로 하게 되었다.

대사성 양응정(梁應鼎)은 김홍도와 함께 윤원형에 의해 파직을 당 하기도 했으나, 시문이 뛰어나고 효행으로 시문이 세워지고 저서로 는 〈송천집(松川集)〉이 있다.

량씨는 성품이 선량하고 정직하며 봉사정신이 강하다. 한 가지 일을 맡겨도 최선을 다하고 늘 한결같으므로 신임을 얻어 평생을 곤고하게 살지는 않는다. 세심하고 근면하니 노력을 아끼지 않아 대기만성형이며, 칠전팔기의 정신으로 다복하고 안정적 가정을 갖 는 사람이 많다. 안분지족하며 풍요롭고 편안한 삶에 행복을 추구 하는 평화주의자가 많다.

34 백 씨(白氏)

백씨의 시조 송계공 우경(字經)은 중국 당나라의 소주(蘇州) 사람이다. 벼슬이 첨의사 이부상서에 이르렀지만, 간신의 모함을 당하자 스스로 당나라를 떠났다. 황제 헌원의 16세손 을병(乙丙)의 후손으로 780년(신라 선덕왕 원년)에 동래하여 신라조에서 좌복아사공 대사도란 관직을 얻어 백씨의 연원을 이뤘다.

수원 백씨(水原 白氏)

성녕왕 때 중당상을 시낸 창식(昌植)을 중시소로 하여 세세가 내려오다가, 증손 휘(揮)가 고려 때 대장군으로 수원군에 봉해졌다고 한다. 또 중시조의 9세손 천장(天臧)이 중국에서 이부상서를 거쳐 우승상으로 수성백에 봉해지고, 고려조에서 수원백으로 봉해짐으로써 본관을 수원으로 했다는 양설이 있다.

이 밖에 염포, 부여, 대흥 백씨는 모두 수원 백씨의 분파이다.

애국지사 백홍인(白弘寅), 백락구(白樂九), 백남준(白南俊) 등이 있다.

백씨는 두가지 조상 줄기가 있다.

하나는 신기가 맑고 깨끗하며 발복이 되어 금생에서의 복록을 받아 잘 산다. 예지력이 남다르고 인간의 내면을 잘 들여다 보는 통찰력이 있다. 따라서 백씨들은 창조적인 성향이 있어 예술을 하면 겉보다는 속의 진실을 찾는 지구력으로 타인들로 하여금 감동을 받게할 수 있는 능력이 있다.

다른 하나는 정신적인 집착이 강해 자신의 주장을 끝까지 고수한다는 점이다. 잘잘못을 떠나 선에 부합될 때는 선량한 성품으로 남을 구제해 줄 수가 있지만, 악인줄 모르고 어떤 행위가 행해질 때는 자기 자신 뿐 아니라 남에게 까지도 폐해를 끼칠 수 있으니, 수많은 내면의 반성과 성찰이 필요하다.

35 허 씨(許氏)

허씨는 문헌에 59본으로 나타나 있다.

서기 48년 가락국의 수로왕비 허황옥(許皇玉)이 아유타국(현 인도)의 공주로 16세 때 대선에 석탑을 싣고 지금의 경남 창원군 용원리에 정박하니 김수로왕이 예로서 비(妃)로 맞이했다.

10명의 아들을 두니, 둘째 아들로 하여금 모성을 따라 허씨로 하였다. 김수로왕의 10세손 구형(仇衡)이 신라에 귀부함으로써 자손들이 각 정착한 터를 따라 본관이 생겼는데, 김해(金海), 양천(陽川), 태인(泰仁), 하양(河陽) 허씨를 제외하고는 대부분 미고이다.

김해 허씨(金海 許氏)

시조 허염(許琰)은 가락국의 김수로왕의 비인 보주태후 허황옥의 35세손이다. 고려 문종 때 출생해 고려 중엽에 벼슬을 하여 삼중대

광으로 가락군에 봉해졌다. 김해를 관향으로 하여 후손들이 번성하였으므로 본관을 김해로 하여 세계를 계승하고 있다.

양천 허씨(陽川 許氏)

시조 허선문(許宣文)은 김수로왕의 30세손으로 공암현(孔巖縣: 양천의 고호)의 부호였다. 고려 태조가 견훤을 정벌할 때 군량미를 보급하여 후백제를 격파하는 데 큰 공을 세우니, 공암촌주로 봉해 양천을 식읍으로 하사하여 양천을 본관으로 하여 내려오고 있다.

홍길동전을 쓴 허균(許筠)은 좌찬성 벼슬로 명나라 사신을 접대하는 한편, 명문장으로 이름을 떨쳤다.

이외에 병자호란의 명장 허완(許完), 상평통보를 주조한 영의정 허적(許積) 등이 있다.

허씨는 도량이 넓다. 허씨들을 보면 법 없이도 살만큼 마음의 폭이 넓은 사람들이 많다. 하지만, 온후하다고 해서 남들이 얕보거나 우습게 보다가는 큰코 다친다. 허씨들은 의외로 앞심 보다는 뒷심이 강하다. 그 심상의 폭이 넓다는 것은 그만큼 일반인이 다루기 어려운 사람이라는 것을 잊지마라. 현생에 들어와 의외의 혼인으로 큰 부자가 되는 사람들이 꽤 있다. 이는 왕의 배우자로서의 위치가 면면히 내려와 힘들고 어려운 공덕이 하늘에 다으면 힘이 붙은 금은보화를 준다는 계시적인 면도 있으니, 끝까지 살아볼만한 성씨가 아닌가 싶다.

일단 부자가 되거나 명예를 누리면 반드시 조상에 대한 예우를 하거나 걸립보시를 하기 바란다. 이는 자자손손이 이어져 내려가는 복록이 우연이 아님을 증거하는 삶과 죽음의 올바른 연결고리인 것이다.

36 유 씨(兪氏)

유씨는 문헌에 97본으로 나타나 있으나, 8본을 제외한 나머지는 미고이다.

유씨는 모두 신라조 때 아손을 지낸 유삼재(兪三宰)를 비조로 한 동원에서 분관하였다. 주로 기계(杞溪) 유씨가 대종을 이뤘으며, 이 조에서 상신(相臣)을 3명 배출했다.

본관은 강진(康津), 고령(高靈), 금산(金山), 기계(杞溪), 무안(務安), 인동(仁同), 창원(昌原), 천령(川寧) 유씨가 있다.

기계 유씨(杞溪 俞氏)

시조 삼재(三宰)는 신라 때 아손을 지냈다. 그 후 의신(義臣)이 신라 조를 무너뜨린 고려조에 불복하여 태조가 기계현(경주의 속현) 호장으로 봉하니, 후손들이 그곳에 세거하여 본관을 기계로 하였다.

사육신(死六臣)의 한 사람인 유응부(兪應孚)는 무과에 급제하여 여러 관직을 거쳐 1455년(세조 1년) 동지중추원사에 이르렀다. 이 해 성삼문, 박팽년 등과 단종의 복위를 꾀하여 명나라 초대연에서 세조를 살해하기로 하였으나, 김질(金礩)의 배신으로 탄로가 나 고문 끝에 죽임을 당했다. 유학에 조예가 깊었고 궁술에도 뛰어났다. 숙종 때 병조판서에 추증되어 홍천의 노운서원, 대구의 낙빈서원, 충렬사 등에서 제향하고 있다.

창원 유씨의 현령 유언겸(兪彦謙)은 어려서 어머니가 돌아가시자 움막을 짓고 3년상을 마치는 동안 두 마리의 호랑이가 항상 여막을 지켜주었다고 한다. 그 후 아버지 상을 당하여 다시 3년상을 지내니 중종이 이 사실을 알아 효자문(孝子門)이 세워지고 청백리(淸白吏)에 올랐다. 천안의 대현사 등에서 제향하고 있다.

유씨는 고집이 세다. 타 성씨들이 득세를 하고 이렁저렁 살아도 유씨들은 마음의 일관성이 있고 자신의 뜻이 맞다고 생각이 들면 주저함이 없다. 점사나 인간 삶의 운명에 관심이 많고 분석을 하려드는 경향은 있으나, 실제로 점바치늘의 말을 듣고 부화뇌동해 널거넉 돈을 들여 일을 하는 적은 별로 없다. 왜냐하면 그 운명론 조차 심각하게 믿는 마음이 약하고 의심이 많기 때문이다. 유씨 성들은 작거나 급한 일에는 오히려 잘 안 맞는다. 시간을 두고 생각해보고 완성도가 높은 일에 투입을 하면 좋은 열매를 맺는 성씨임이 분명하다.

37 정 씨(丁氏)

압해 정씨(押海 丁氏)

시조 덕성(德盛)은 원래 중국 당나라 사람으로 당나라 문종 때 대승상을 지냈고 무종 때 대양군에 봉해졌다. 당나라 선종 때 군국사(軍國事)로 직소하다가 853년(신라 문성왕 15년) 압해도(현 신안군 압해면)에 세거하면서부터 우리나라 정씨의 시조가 되었다.

압해는 우리나라 정씨(丁氏)의 발상지이며, 각 파 또한 대양군 덕성의 후손으로 본관이 하나로 통일되어 있다.

정극인(丁克仁)은 세종 때 생원이 되고, 단종 때 정언(正言)에 이르렀는데, 단종이 폐위되자 사직하고 후진 양성에 힘써 우리나라 최초의 가사(歌辭) 작품인 〈상춘곡(賞春曲)〉을 지었다.

다산 정약용(丁若鏞)은 정조 13년 문과에 급제하여 홍대용, 박지원, 박제가 등 북학파의 사상을 집대성했다. 이기론(理氣論)에 있어

이황과 이이의 학설을 정리한 성리학의 대가이다. 저서에 《목민심
서(牧民心書)》가 있다.

　　다산 정약용의 묘는 팔당댐을 지나자 마자 오른편으로 가다보면
있다. 다산만큼 그 이름이 후대에 대학자로 남기도 어렵다. 얼마나
명멸하는 수많은 문인이나 학자들이 많았던가. 하지만 다산은 성리
학의 오묘하고 복잡다단한 사상을 집대성하고, 그 정신세계의 현란
함을 실학이라는 부분에 접목을 한 조선 최고의 지성이라 할만하
다. 이런 성씨의 조상을 가진 정씨들은 그 한 분만으로 해서라도 발
복의 기틀은 마련되어 있다고 보여진다.

38 임 씨(任氏)

문헌에는 120본이나, 장흥(長興), 풍천(豊川) 임씨를 제외하고는 미고이다.

장흥 임씨(長興 任氏)

시조 호(灝)는 중국 소흥부 출신이다. 중국에서 이부상서를 지냈고, 국난을 피해 망명하여 정안(장흥의 고호) 천관산 아래 임씨도(任氏島)에 정박한 후, 그곳에서 세거하였다. 후에 그의 손자 원후(元厚)가 고령 인종 때 문하시중으로 정안 부원군에 봉해져 후손들이 본관을 장흥으로 하여 세거하여 오고 있다.

평장사 임유(任濡)는 1211년 최충헌의 명으로 강종을 추대하여 즉위케 했으며, 만년에 불교에 심취하여 대장경(大藏經)을 번역하였다.

임진왜란 때 임백영(任百英)은 연로하여 동생 임계영(任啓英)에게 의병장을 맡기고 가재를 풀어 군량을 보급하는 등 진주, 양주, 순창 등에서 수많은 전공을 세우게 한 형제로 우국충신이다.

풍천 임씨(豊川 任氏)

시조 임온(任溫)은 중국 소흥부 사람으로 관직이 은자광록대부에 올랐다. 그의 6세손 주(澍)가 고려 충렬왕 때 우리나라에 들어와 경상도 안찰사를 거쳐, 감문위 대장군을 지내고 풍천에서 세거하였다. 묘소는 풍천 전석산하에 있고, 매년 음력 9월 13일에 향사한다.

임란 때 임전(任典)은 김천익의 휘하에서 강화에 주둔하였다.

임숙영(任叔英)은 광해군 때 별시문과에 응시해 대책문에서 숙신의 무도함을 공박하여 왕의 노여움을 샀다. 그러나 이항복의 무마로 병과에 급제하고, 인조반정 이후 사관을 겸한 경서에 밝고 뛰어난 문장가로 칭송을 들었다.

임씨들은 우직하고 충정심이 있으며 대인의 면모가 있다. 늘상 나보다는 남의 일, 남의 일보다는 나라에 충성하는 심성을 지녔다. 마음이 막히거나 댓가성이 없고 그저 순수하다. 순직하고 순수한 마음은 사귀가 침범할 겨틀이 없다. 말복을 하고 싶은 임씨들은 그 순성을 남이 믿어줄 때까지 자신의 위치에서 본분을 다하길 바란다.

39 유 씨(劉氏)

유씨는 원래 중국 제요의 후손이 유(劉) 땅에 봉해지면서 유씨로 성을 받은 것이 시초이다. 그 후 초한시대에 이르러 한고조 방이 중원을 통일하고 한제국을 창건함으로써 유씨가 크게 두각을 나타나게 되었다.

우리나라 유씨의 도시조 전(釜)은 한고조의 41세손으로 도학과 문장이 뛰어나 송나라 때 벼슬이 병부상서에 이르렀다. 그는 1082년 (고려 문종 36년) 8학사의 일원으로 고려에 들어와 경북 영일군에 정착하고 세거하였다. 공민왕 때 그를 위한 사당이 세워지고, 고려 태조와 함께 7왕을 모신 숭의전에 배향되고 있다.

본관은 거창(居昌), 강릉(江陵), 백천(白川) 유씨 3본이 있다.

유씨는 모두 전을 시조로 하지만 장자인 견규(堅規)가 거타(거창의 고호)군에 봉해져 거창을 본관으로 삼았다. 전의 12세손인 창(敞)이 조선 개국공신으로 옥천(강릉의 별호) 부원군에 봉해져 강릉을 본관으로 삼았다. 전의 8세손인 국추(國樞)가 백천군에 봉해져 백천을 본관으로 삼았다.

도시조 전의 묘소는 경북 영천군 영천읍에 있다.

예조판서 유한우(劉旱雨)는 문과에 급제한 후, 명나라에서 충효가 뛰어난 사람을 보내달라고 해서 그를 보내 7일간 기우제를 지내니 비가 내려 황제가 기뻐하여 한우(旱雨)라는 이름을 하사했다.

유호인(劉好仁)은 경서와 사기에 능통하여, 선조 7년 큰 가뭄이 들자 제단을 쌓고 살신신우(殺身神佑)할 요량으로 기도하며 나무에 불을 지르니 갑자기 큰 비가 내렸다. 왕이 이를 기특하게 여겨 천방(天放)이란 호를 내렸다.

유씨들은 실무에 강하다. 생각을 해야 하고 사려깊게 처리해야 될 일들도 있지만, 일단은 실천이나 실행을 함에 있어서 주저함이 없다. 의외의 위엄성도 있어 남이 함부로 대하지 못하는 강인함이 있다. 유씨 성으로서 발복을 하기 위해서는 실전에서의 실력으로 남을 제압하는 용기를 갖기 바란다.

40 현 씨(玄氏)

현씨는 문헌에는 106본이나, 연주(延州), 창원(昌原), 성주(星州), 순천(順天)을 제외하고는 미고이다.

현씨는 모두 고려조 때 대장군을 지낸 연주 현씨 시조 현담윤(玄覃胤)의 후예이다.

창원 현씨는 현담윤의 아들 덕유, 성주 현씨는 현담윤의 7세손 규, 순천 현씨는 담윤의 손 원고를 각각의 시조로 하고 있다.

연주 현씨(延州 玄氏)

시조 현담윤은 원래 연주(영변) 사람으로 고려 의종 때 대장군을 역임한 후, 명종 때 조위총의 난을 토평한 공으로 문하시랑 평장사가 되고, 연안군에 봉해졌다. 그 후손들이 본관을 연주(연안)으로 하였다. 아들 현덕수(玄德秀)는 조위총이 난을 일으키자 아버지 현담윤과 끝까지 성을 고수하여 병부상서에 올랐다. 묘소는 평북 영변에 있다.

창원 현씨(昌原 玄氏)

시조 현덕유는 대장군 현담윤의 아들이다. 그는 명종 16년에 문과에 급제하여 예부시랑 금자광록대부, 대사공 등의 요직을 거쳐 회원(창원의 별호)군에 봉해졌다. 그 후손들이 연주 현씨에서 분적, 창원을 본거지로 하여 세거하여 오고 있다.

현씨는 성정이 깨끗하다. 깔끔하다고 할까, 늘상 고급스럽거나 편안하고 쾌적한 환경을 좋아하는 등 대자연에 대한 동경이 커 현실도피적인 경향도 있다. 늘상 현실과 이상의 괴리를 느끼다보면 답답함에 속이 상할 때도 있지만, 의외로 늦게 발복하는 경향이 있다. 차분하게 악운이나 나쁜 운을 피해가는 지혜를 갖고 살다보면 후분이 좋다.

41 남 씨(南氏)

본관은 문헌상 60여 개가 전하나, 영양(英陽), 의령(宜寧), 고성(固城) 남씨를 제외하고는 대부분 미고이다.

이들 모두 시조는 남민(南敏)이다. 중국 당나라 사람으로 본명은 김충이다. 당 현종 때 안령사로 일본에 갔다가 돌아오는 길에 풍랑을 만나 신라 경북 영덕에 표류하게 되었다. 신라 경덕왕은 그가 남쪽에서 왔다 하여 남(南)씨 성을 하사하고, 충(忠)이라는 이름을 주며 영양을 식읍으로 주었다.

그의 7대손 진용(진용)에게 홍보, 군보, 광보라는 3형제가 있어 고려 충렬왕 때 공을 세우니 각각 영양군, 의령군, 고성군에 봉해졌다. 그들이 각각 영양, 의령, 고성 남씨의 1세조가 되었다.

영양 남씨 남사고(南師古)는 조선 중기 천문교수로 역학, 풍수, 천문, 지리, 상법 등에 능통하여 비결을 터득했다. 풍수학에 조예가 깊어 각처의 명산을 다니며 많은 일화를 남겼다.

　의령 남씨 남효온(南孝溫)은 생육신의 한 분이다. 단종의 모친인 현덕왕후의 복위를 꾀했으나, 정창손 등의 저지로 실패하자 유랑생활로 생애를 마감했다.

　남씨는 재능이 있는 사람들이 많다. 사교술이 좋아 공개적인 자리에서도 주눅이 드는 법이없고 남의 눈치를 보는 일에는 오히려 서툴다. 남씨들은 잘생기고 외관이 뚜렷한 호남형, 미인형이 많다. 대외적인 외교업무나 우두머리를 대신한 중간 조력자 등의 위치에서의 역할이 탁월하다. 마음은 밝고 동심의 성정이 있는 성씨이다.

42 공 씨(孔氏)

곡부 공씨(曲阜 孔氏)

공씨는 곡부(山東省: 산동성)를 본관으로 삼고, 공자(孔子) 탄신 이래 2500년이 넘도록 그를 시조로 한 단일 본으로 하여 계승해 왔다. 공자는 문선왕(文宣王)으로 세계 삼성인(三聖人)의 한 분이다.

공자의 53대손 완(浣)의 장자 사회(思晦)는 중화에서 세거하였다. 차자 소(紹)가 원나라 순제 때 한림학사로 노국대장공주를 수행하며 고려에서 문하시랑 평장사로 회원군에 봉해지고 창원으로 사적받아 우리나라 공씨의 중시조가 되었다. 그 후 시조의 고향인 곡부로 개관하였다.

중시조의 묘소는 경남 창원군 서면 두척산에 있고, 향사일은 음력 10월 1일이다.

공유(孔愉)는 1270년 삼별초의 난 때 장군으로 나주가 7일간이나 공격을 당했는데도 구하지 않았다고 파직당했다가 그 후 복직하여 대장군이 되었다. 1284년 성절사로 원나라에 다녀왔으며 충렬왕 때 판삼사사(判三司事)에 이르렀다.

공서린(孔瑞麟)은 1507년 문과에 급제한 후 승지가 되었으며, 조광조와의 친분으로 기묘사화때 투옥되었는데 의분의 상소를 올리다가 파직당했다. 그러나 그 후 경기도 관찰사, 사헌부감찰을 거쳐 원훈공신이 되었다.

공씨는 공자의 후예이다. 성씨의 연원이 오래되어 아무리 많은 타성씨들의 성향이 유입되었다 하더라도, 학구적이고 사려깊은 분별심에서는 타성씨들이 공씨를 따라올 수가 없다. 세계 3대 성인의 반열에 들어가는 공자의 후예들은 스스로 노력을 하거나 매사 맡은 직책이나 업무에서 최선을 다하면, 반드시 높은 위치에서 발복할 것임을 의심하지 말기 바란다.

43 곽 씨(郭氏)

본관은 문헌상으로는 52개 본이 있으나, 청주 곽씨를 제외하고는 모두 현풍 곽씨에서 분파된 것이다.

현재는 현풍(玄風)과 청주(淸州) 곽씨만 남아있다.

현풍 곽씨(玄風 郭氏)

시조는 곽경(郭鏡)이다. 중국 송나라 관서 홍농 사람으로 1133년 (고려 인종 11년) 우리나라에 들어와 평장사 문하시중에 이르렀고, 금자광록대부와 포산군(苞山君)에 봉해졌다. 이후 포산현이 현풍현으로 개편됨에 따라 현풍이라 개칭하게 되었다. 묘소는 경기도 파주군 무건리에 있다. 매년 11월 향사한다.

관찰사 곽재우(郭再祐)는 의병대장으로서 별호가 천강홍의장군이라 불리며 왜적과 싸우면 지는 법이 없으니, 그 이름이 삼국에 떨쳤다. 경상남북도 일대에 유적이 많다.

청주 곽씨(淸州 郭氏)

청주 곽씨는 경덕왕 때 촉나라에서 시를 잘하는 사람으로 뽑혀 분양에 왔던 촉왕의 후손이 우리나라 서원(西原: 현 청주)에 와서 살면서부터 시원이 되었으나 고증이 어렵다. 신라 헌강왕 때 시중을 역임한 곽상(郭祥)을 시조로 삼아 내려오고 있다.

중시조 곽원(郭元)은 고려 성종 때 중추원사, 형부상서를 역임했다. 그의 13세손인 연준(延俊)이 고려시대 개성 부윤과 전법판사를 지낸 후 청원군에 봉해지고, 청주에 낙향해 본관을 청주로 하게 되었다. 곽씨는 조선시대 57명의 문과급 제자를 내었다.

곽씨는 성질이 급하며, 임기응변에 능하고 달변가들이 많다. 인생을 바라보는 안목이 즐겁고 재미있게 잘살면 된다는 성향이 강하다. 우울해하거나 지나간 일에 대한 미련이 별로 없다. 남을 원망하거나 곤궁할지라도 희망을 갖는 편리한 마음은 차라리 삶을 살아가는 긍정적 자세로, 스스로가 행복을 찾아가는 성향이 강하다. 다소 저놀적이고 이기석으로 보여노 속내는 인성낳고 착한 사람들이 많다. 모든 사람들이 삶을 꼭 치열하고 심각하게만 생각하며 산다면 얼마나 피곤하겠는가. 그냥 낙천적으로 열심히 앞만 보고 살다보면 귀인이 도와 발복할 것이다.

44 구 씨(具氏)

구씨는 문헌에는 32개 본이나, 능성(綾城)과 창원(昌原)을 제외하고는 미고이다.

능성 구씨(綾城 具氏)

능성 구씨의 시조는 구존유(具存裕)이다. 장인인 주청계(朱淸溪)가 송나라 한림학사로 있을 때 송나라가 몽고와의 전쟁에서 패하자 1224년 송나라 7학사와 함께 우리나라에 동래하여 전남 금성현(현 나주)으로 망명하였다.

몽고는 국호를 원이라 개칭하고 망명한 8학사를 추적 탐색하였다. 이에 주청계는 적덕(積德)으로 개명하고 능주 노향리에서 은거하다가, 삼별초의 난으로 용담으로 이거하였으며, 난이 끝나고 다시 능성으로 이거하였다. 2남 1녀를 두었는데, 딸이 능성 구씨 시조인

존유에게 출가해 능성 구씨로 한 것이라 추정된다.

구인문(具人文)은 집현전 교리로 세조가 왕위를 찬탈하자 두문불출했다.

구춘경(具春慶)은 구한말 의병장으로 을미사변 때 명성황후가 시해당하자 의병을 이끌고 일본군과 싸우다 순국하였다.

창원 구씨(昌原 具氏)

시조 성길(成吉)의 원성은 구(仇)이다. 송나라 대부 구목의 후예로 동래한 연대는 미상이나 구성길이 945년(혜종 2년) 서경에서 공을 세워 의창군에 봉해지고, 후손들이 본관을 창원이라 하였다.

그 후 설을 1세조로 하고, 조선 세종 때 홍문관 대제학을 지낸 종길(宗吉)을 중시조로 하여 세계를 이어오고 있다. 1791년(정조 15년) 정조의 교시에 구(仇: 원수라는 뜻)씨 성을 못 쓰게 하므로 구(具)씨로 개성(改姓)했다 한다. 중시조 구종길의 묘소는 창원군 등면 남산리 구천동에 있고 음력 10월에 향사한다.

구자평(具自平)은 사헌부 현령에 올랐으나, 세조가 왕위를 찬탈하자 벼슬을 버리고 낙향하여 은거생활로 명을 다했다.

구씨는 금세기들어 유난히 재물 부분에서 발복을 한 조상이 많다. 무슨 연유에서인지는 몰라도 이미 재벌이나 잘사는 사람의 반열에 구씨 성들이 많다. 조상의 줄기를 잘 찾아 지은 공덕이 이제와서 복을 받나 싶은 생각도 들고, 돈 한 푼 없는 사람이 귀인의 눈에 띄어 자수성가하여 큰 위치에 오른 사람도 있다. 구씨들은 현생의 복록을 구함에 주저하지 마라. 이미 구씨 성들은 대세의 흐름에서는 호운 속에 들어와 있음을 나는 감지한다.

45 우 씨(禹氏)

단양 우씨(丹陽 禹氏)

우씨의 선세계는 중국 하나라 우왕의 후예이다. 연대가 유원해 상고할 수는 없지만, 원손·우현(禹玄)이 고려 때 동래하여 단양에 세거하면서 1014년(현종 5년) 진사로 문과에 급제하여 정조호장을 지냈고 문하시중 평장사에 추종되었다.

그의 10세손 현보(玄寶)가 공양왕 때 삼사사(三司事)로 단양 부원군에 봉해졌으므로 후손들이 본관을 단양이라 하여 세거하고 있다.

우징(禹鼎)은 병자호란 때 성균관 유생으로 혼자 남아 문고(文庫)를 지켰다. 포로가 되자 처와 함께 자결하였으며, 후에 쌍시문(雙施門)이 세워졌다.

우장춘(禹長春)은 농학자로서 종의 합성설로 박사학위를 받으며 배추, 고추 우수 품종 등 수많은 식물연구에 전념하였다.

우씨는 법 없이도 살만큼 착하고 인정많고 속내는 깍정이인 것 같아도 결국엔 남에게 인정을 베푸는 온순한 성씨이다. 세상의 드센 사람들 틈바구니 속에서는 힘겨운 삶인 것같아도 허허실실의 삶은 길게 오래가는 경향이 있다. 속이 넓지가 않아서 자신의 맹목적 주장이 안 받아들여지면 은근히 속을 달달 끓이는 경우도 있지만, 너무 무리만 안 하면 조상들이 편안한 삶을 보장해 주고 토지나 문서에 대한 소유가 원활하다.

46 원 씨(元氏)

원주 원씨(原州 元氏)

중국 주나라 근친에 원훤(元喧)이 있었는데, 그의 본성은 희(姬)씨였으나 성왕이 원으로 사성하고 위나라 대부로 봉하니, 이로써 중국에서의 원씨 성이 비롯되었다. 우리나라에서는 진한에서 신라로 이거한 원훈, 원훤의 두 원씨 성이 있었다. 하지만 상고할 길이 없다.

그 뒤로 당나라 태종 때 8학사 중의 한 사람인 원경(元鏡)이 우리나라 원씨의 도시조인 듯하다. 원씨 계보 중 경을 시조로 하는 운곡세는 남아있고, 나머지는 비고이나. 우리나라 원씨는 본이 원주, 난본이고 4파가 있다.

원균(元均)은 무과에 급제해 부령부사를 거쳐 임진왜란이 일어나자 경상도 수군절도사가 되어 왜적을 맞아 싸웠다. 이어 전라좌도 수군절도사 이순신(李舜臣)과 합세하여 옥포 앞바다에서 왜선 30척을 전멸시켰다.

당포, 서천 앞바다에서 많은 전공을 세우고 1597년 정유재란 때 거제도에서 순국했다. 1603년(선조 36년) 선무공신에 추대되었다.

원성모(元成模)는 선조 때 무과에 급제하고, 1636년 호란을 당해 장자 승길(升吉). 4자 신길(頤吉)과 더불어 의병을 모집해 안산을 고수하였다. 이후 덕물도에서 고군분투하다가 3부자가 동시에 순절하였다. 사후 형조판서에 추증되었다.

원씨는 사느냐 죽느냐 하는 위급한 순간에 나보다는 대의를 위해서 몸을 던진 조상을 가지고 있다. 내 속마음 보다는 오히려 모함이나 타인의 질투에 의해 뜻이 꺾이는 경우가 있어 억울한 면도 있지만, 그 강건함이 결국엔 남을 무릎꿇게 하는 힘이 있다. 남을 의식하지 말고 내가 하고 싶거나 내 의지가 굳건하면 그대로 밀고 나가길 바란다. 현생에서의 발복은 쟁취해 이기는 자의 것이기 때문이다.

④⑦ 주 씨(朱氏)

신안 주씨(新安 朱氏)

주씨는 중국 전옥씨의 후예인 조협(曺俠)을 주나라 무왕이 주국(현 산동성 제남부)에 봉하였던 바, 그 후 초나라에 병합됨에 따라 주(邾) 에서의 부방 변을 떼고 주(朱)로 성을 삼았다.

우리나라 신안 주씨의 시조는 전옥씨의 후예인 주희(朱熹: 주자)의 증손 잠(潛: 호 청계)이 동래하여 후손들이 700년간 각지에 걸쳐 세거 하였다. 나주, 전주, 함흥 등을 본관으로 써오다가 1902년(고종 39년) 상소로 조직을 받아 잠의 후손들은 본관을 모두 신안으로 통합하게 되었다.

주열(朱悅)은 고려 고종 때 명신으로 몽고가 일본 정벌을 준비할 때 정조사로 원나라에 파견되었다. 한림학사를 거쳐 삼사사(三司事) 로 거듭된 병란으로 흩어진 민심을 수습하였다. 문장과 글씨에 탁월하다.

주진수(朱鎭洙)는 독립운동가로 일찍이 개화운동에 투신해 독립협회 및 관동학회의 회원으로 1907년 울진(蔚珍)에 만흥학교(晚興學校)를 세워 교장으로 육영사업에 힘썼다. 1911년 만주로 망명해 신흥무관학교를 설립하고, 1919년 임시정부 수립에 참여하여 러시아에서 열린 민족혁신파 대표자 대회에 참석하는 등 독립을 위해 투신하였다.

주씨는 어질고 착하다. 인간 군상들의 마음을 살필 때 어떤 것이 참인지 거짓인지를 가려낼 수가 없으면 주씨들은 참에 속하는 사람들이라고 보면 된다. 마음 씀씀이가 폭이 넓고 타인에 대한 배려심이 많으며 심성의 깊이가 남다른 것이 인간 본성에 성선설과 성악설이 있다면 성선설에 속한 삶을 살고 있는 사람들이 많다.

㊽ 진 씨(陳氏)

여양 진씨(驪陽 陳氏)

진씨는 중국의 성씨로 송나라 때 부주 출신인 진수(陳琇)가 우윤 벼슬을 지내다가 국난이 일어나자 우리나라에 넘어와 여양현(현재 충남 홍성군 장곡면) 덕양산 아래 정착해 세거하였다. 그의 후손 총후(寵厚)가 고려 예종 때 신호위 대장군에 이르고, 이자겸의 난을 토벌한 공으로 여양군에 봉해짐에 따라 그의 후손들이 총후를 시조로 하고 본관을 여양으로 하게 되었다.

삼척, 나주, 강릉을 본관으로 하는 진씨가 있있으나, 여양 진씨로 통일되었다.

진복창(陳復昌)은 1535년 중종때 별시문과에 장원해 부제학이 되고, 대사헌을 거쳐 1560년 공조참판이 되었다. 문장과 글씨에 뛰어나 〈역대가(曆代歌)〉, 〈만고가(萬古歌)〉 등 작품집을 남겼다.

진무성(陳武晟)은 임란 때 이순신 휘하의 군수로 진주가 포위되자 적군을 패주시키는 데 공을 세우고, 정묘호란 때는 병든 통제사 대신 임무를 수행해 공을 세워 왕으로부터 귀성 군수에 임명되었다.

진씨 성은 대륙적인 풍모가 엿보인다. 마음도 넓고 틀도 크지만 방랑끼가 있다. 현실을 답답해 하고 속이 터질 것같은 진씨들에게는 오히려 공격적으로 세상을 살라는 말을 해주고 싶다. 왜냐하면 역마살(驛馬煞)이 있어 자유로이 돌아다니며 무역이나 하다못해 보따리 장사라도 치열하게 하고 살다보면, 종국에는 발복을 하는 파란만장한 사람들을 많이 보았기 때문이다. 하지만 마음 뿐 끙끙거리고 살면 삶도 그저그런 평이함 속에서 만족을 해야되므로 실행하는 진씨만이 성공함을 믿기 바란다.

49 채 씨(蔡氏)

채씨는 문헌에 49본으로 나타나 있으나, 평강(平康)과 인천(仁川) 채씨를 제외하고는 미고이다.

인천 채씨(仁川 蔡氏)

시조 채선무(蔡先茂)의 선계는 문헌이 없어 상고할 수가 없다. 그는 고려 중기에 동지사를 지내고 동지추밀원사에 추종되었다. 고려 말에 호조전서를 지내다가 조선이 개국되면서 두문동에서 은거하며 채귀하(蔡貴河)를 중시조로, 본관을 인천으로 히여 세계를 이이오고 있다.

채무일(蔡無逸)은 이조 중종 때 병과로 급제해 정언을 거쳐 부모의 봉양을 위해 부안 현감으로 부임하였다. 그림, 의약, 도술에 뛰어나며 중종의 초상을 그렸다.

평강 채씨(平康 蔡氏)

시조 채송년(蔡松年)의 선계는 알 수가 없다. 중국 주나라 문왕이 아들에게 채후를 봉하므로 채씨 성이 되었다고 한다.

신라 내물왕의 부마인 채보한이 있었으나, 채송년과의 혈연적 관계를 상고할 수가 없다. 그는 고려 고종 때 추밀승선이 되고, 최항의 난 때 병마사로 난을 평정한 공훈으로 대장군이 되었다. 그 후 금자광록대부, 문하시랑 평장사 등을 역임하고, 평강군에 봉해짐에 따라 평강을 본관으로 세계를 계승하고 있다.

채제공(蔡濟恭)은 영조때 병과로 급제하여 1758년 도승지로 〈열성지상(列聖誌狀)〉의 편찬에 참여하였다. 호조판서로 종지사가 되어 청나라에도 다녀왔다. 1776년 정조가 즉위하고 홍국영의 세도정치가 무너지자 정치, 경제, 사회 각 분야의 쇄신에 왕을 도와 힘썼다. 천주교도 문제를 온건책으로 유도하여 박해가 확대되는 것을 막기도 하였으며, 영의정까지 오른 명재상이었다.

채씨는 의로운 사람이 많다. 길이 아니면 가지를 않고, 뜻이 없으면 움직이질 않는다. 의외로 채씨들은 고집이 강하다. 고정관념이 심해 한 가지 사안이 옳다고 생각이 되면 그대로 밀고나간다. 하지만, 끝의 과감성은 약해 꺾이기도 하므로 신중함이 요구된다. 고독한 편이고 약간 사교성이 떨어지고 겁이 있기도 하지만 신심이 말끔하다.

50 차 씨(車氏)

연안 차씨(延安 車氏)

시조 차효전(車孝全)은 차무일(車無一)의 후손 류차달의 장자이다.

차효전의 7세조 차승색(車承穡)이 애장왕 때 좌상으로 있다가 809년 왕의 서숙 언승(헌덕왕)이 애장왕을 시해하고 왕위에 오르자 벼슬길에서 물러났다. 그후 전왕의 복위를 위해 아들 공숙과 함께 헌덕왕을 살해하려다 사전에 발각되었다. 황해도 구월산으로 피해 조모의 성인 양(陽)씨 성을 모방하여 류(柳)씨로 변성하여 살았다.

그 후 6세손 류차달(柳車達)이 아들 형제와 함께 고려 태조를 도와 큰 공을 세워 차달은 승상에 임명되었다. 그제야 변성을 한 것을 알게 된 왕이 이미 오래 되었지만 장자 효전(孝全)에게 대광백을 봉하고 차씨를 계승토록 하였다. 후손들이 봉읍을 받은 연안을 본관으로 하여 세거하고 있다.

차원부(車原頫)는 공민왕 때 문과에 급제해 정몽주, 이색 등과 성리학을 연구하였다. 평산의 수운엄동에 은거하면서 1392년 조선이 개국되자 태조가 주는 공신녹봉을 거절하고 벼슬에 나가지 않다가 가족과 함께 암살당했다. 두문동(杜門洞) 72현(賢)의 한 사람이며 매화나무를 잘 그린 문절 학사였다.

차운혁(車云革)은 단종 때 벼슬에 뜻을 두지 않고 은거하였는데, 1467년 이시애의 난이 일어나자 선봉대장으로 적의 남하를 막다가 패장 최윤손과 교전 끝에 사로잡혀 순절하였다. 난이 평정된 후 병조판서에 추증되고 연천군에 봉해졌다.

차씨는 무관이 왕한 성씨이다. 현실을 뛰어넘는 선각자의 위치에서 행동을 하다가도 돌연 자신의 뜻을 합리화해 무모한 일에 온몸을 던지는 용맹성이 있다. 앞뒤 안 가리는 저돌적인 행동으로 인해 호운일 때는 승승장구하지만, 악운일 때는 나락으로 떨어지기도 하는 풍운아적 기질이 강하다. 즉흥적이고 분별력이 약한 것이 흠이다. 통솔력이 강해 타인을 제압하는 능력이 탁월하고, 발복도 즉각적으로 수직 상승하는 센기가 있다.

51 천 씨(千氏)

영양 천씨(潁陽 千氏)

천씨는 원래 중국의 성씨로 문헌에 97본이 나타나 있으나, 모두가 영양 천씨의 세거지 명을 나타낸 것이다.

시조 천암(千巖)은 중국 명나라에 조신을 지냈고, 그 후손이 영양에서 세거하였다고 한다. 중시조 천만리(千萬里)는 명나라 말기에 문과에 장원해 총독 오군사를 역임하고, 1592년(선조 25년) 임진왜란 때 영량사겸 총독장으로 아들 상, 회 형제와 우리나라에 와서 군량 수송을 담당하게 되었다. 평양, 곽산, 동래 등지에서 대승을 거뒀다.

그 후 정유재란 때도 직산, 울산 등지에서 전공을 세우고 우리나라에 귀화하니, 조정에서 가상히 여겨 화산군에 봉했다. 숙종 때 그의 전공을 길이 빛내기 위해 대보단(大報壇)을 설치해 전국 10여 개 서원에서 향사되었다. 중시조 천만리의 묘소는 전북 남원군 방촌리에 있고, 호암서원에서 매년 음력 8월 1일 향사한다.

천수경(千壽慶)은 조선조에 송석(松石) 도인을 자처하며 옥류천 근처 소나무 아래 집을 짓고 동인을 모아 시를 읊었다. 시인들의 모임을 송석원시사 또는 서원시사라고 하며, 이곳에 참여하지 않으면 당대의 문장이라 하지 못하였다고 한다.

천씨는 고정관념과 속박을 싫어한다. 명랑하고 육감적인 성향에 자칫 방탕끼도 있어 보이지만, 정도에 어긋나지 않게 도로 원위치하는 지극히 현실감있는 사고를 지니고 있다. 마음은 평화롭고 자유로우며 아름다운 것을 동경한다. 현실에서 예쁘고 맛있는 것을 선호하고, 더럽고 추한 것을 싫어하니 같이 있으면 함께 하는 동안 남에게도 행복감이 전이되는 마력이 있는 성씨이다. 사람들을 끌어당기는 힘이 있고, 신들이 좋아하는 행동을 잘하며, 외유내강 성격의 소유자이다.

52 하 씨(河氏)

진주 하씨(晋州 河氏)

하씨는 삼한시대부터 진주의 토성이다. 별의 정기인 은하수와 물의 조종인 황하강의 하(河)자를 본떠 하씨 성이 되었다 한다.

시조는 고려 현종 때의 향사공신이며, 문종 때 상서공부시랑등 평장사에 추종된 하공진(河拱辰)으로, 1010년(현종 1년) 거란의 성종(聖宗)이 왕을 폐위한 강조(康兆)를 문책한다는 핑계로 고려를 침범하자 강화교섭사로 적진에 갔다가 인질로 잡히게 되었다. 성종의 회유를 받았으나 완강히 거절하고 탈출하려다가 순국했다.

계파가 세 가지로 갈리는데, 하공진을 시조로 하는 시랑공파, 고려 때 사직을 지낸 하진을 시조로 하는 사직공파, 고려 때 주부를 지낸 하성을 시조로 하는 단계공파이다.

하경복(河敬復)은 태종 2년 무과에 급제해 북방의 요지를 수비하였다. 세종 14년 판중추원사가 되어 〈계축진설(癸丑陣說)〉을 편찬하여 군사교육의 교재로 활용하게 하였다. 북방 수비 15년간 스스로 일선에 나아가 백성을 사랑하고 변경 지방의 경비에 만전을 기하며 함경도 병마절도사 등 두루 요직을 거쳤다.

하위지(河緯地)는 사육신의 한 분이다. 세종 때 문과에 장원급제해, 집현전 교리가 되었다. 1451년(문종 1년) 직집현전이 되어 수양대군을 보좌, 〈진설(陣說)〉의 교정과 〈역대병요(歷代兵要)〉의 편찬에 참여하였다. 후에 예조판서에 올랐으나, 성삼문 등과 함께 단종의 복위를 꾀하다가 사형당했다. 의성의 충렬사 등 여러 사당에서 제를 지내고 있는데, 단계(丹溪)는 하성의 8세손인 사육신 하위지의 호이다.

하씨는 시원시원하다. 틀이 크고 이해심도 많다. 하지만, 이중적 성품을 쓰거나 야비한 행동에는 단호하게 단죄를 하는 그야말로 판관의 성품을 가지고 있다. 평소에는 넓고 아량이 있는 것처럼 보여도 불의에 대해서는 돌발적인 강인함이 있다. 여성스러움보다는 남성적 결단력이 엿보이는 성향이 있는 성씨이다. 신적인 부분에 대해서도 신뢰가 갈 때는 스스로가 찾아다니면서 의뢰를 해 해결책을 구하거나, 남에게 까지 권유를 하는 등 타인과는 다른 적극적인 면모가 있어 걸립보시(乞粒布施)를 잘하는 성씨이다.

53 엄 씨(嚴氏)

영월 엄씨(寧越 嚴氏)

시조 임의(林義)는 당나라 사람으로 당나라 천보년간(742~755)에 정사로 부사 신시랑(辛侍郎)과 함께 파락사라는 사절 임무를 띠고 신라에 왔다가 그대로 머물러 살게 되었다. 엄(嚴), 신(辛)씨 양성이 다 같이 영월을 본관으로 하니, 서로 종씨라 부르며 혼인도 하지 않고 의좋게 지냈다고 한다.

임의는 고려조에 호부원외랑을 지냈고, 장자 태인(太仁)이 군기감을 지내며 영월군에 봉해졌다고 한다. 시소 임의의 묘소는 녕월군 영월읍 영흥리에 있다.

엄흥도(嚴興道)는 단종이 영월에서 죽었는데도 후환이 두려워 아무도 돌보지 않자 관을 마련해 장례를 지내주었다. 현종 때 송시열의 건의로 그의 자손이 등용되고, 영조 때 시문(施門)이 세워졌다.

엄한명(嚴漢明)은 초서와 서예에 뛰어난 서예가이다. 수많은 묘비명을 써 당대 제1인자라는 칭송을 들었다. 그 명성이 청나라에까지퍼져 청황제가 비단 한 필과 경화문(景化問)이란 석자를 하사했다.저서에 〈만향제시초(晚香齊詩抄)〉가 있다.

엄순봉(嚴舜奉)은 독립운동가로 북만주에서 한족총연합회를 조직해 청년부장이 되어 상해로 갔다. 상해에서 친일파인 상해 조선인거류민회의 회장인 이영노를 살해하여 사형을 선고받고 순국했다.대한민국 건국훈장이 수여되었다.

엄씨는 장군의 기개가 있다. 산동반도를 넘어온 해군의 위상이강한 자존감, 남과의 비교를 거부하는 우월감이 강하다. 역경이나진퇴양란의 위기에서는 오히려 힘든 상황을 자신의 호기로 만드는지략이 있다. 똑똑하고 야무진 성씨로 무관의 기질이 왕하면서도학문이나 지식이 풍부해 전략적인 면에서 수뇌의 자리를 차지하는양수 겹장의 성씨이다. 아주 잘되거나 높아지는데는 조상들의 힘이단체로 작용하는 위력이 있다. 조상공 중 용신을 부리면 개운이 빠르다.

54 여 씨(呂氏)

여씨는 원래 중국의 성씨로 주나라 무왕이 강태공망을 여(呂)에 봉하고 호를 여상(呂尙)이라 함으로써 그 후손이 여씨라고 하였다. 후손 여불위(呂不韋)의 아들 영(榮)이 중국을 통일하여 진시황이 되었다.

후손 어매(御梅)가 중국 래주 사람으로 당나라 의종 때 한림학사를 지내다가 황소의 난을 피하여 877년(신라 헌강왕 3년) 신라에 들어와 전서(典書)를 지내고 벽진(성주의 고호)에 세거하면서 여씨의 연원을 이루었다.

후손에 임청, 광유 형제가 있었다. 임청의 후예 중 양유와 자열은 성주(星州) 여씨로, 자장과 존혁, 광유의 계통은 함양(咸陽) 여씨라 하여 계보를 이어오고 있다.

여성제(呂聖齊)는 1650년(효종1년)에 생원이 되었으나, 사퇴하고 그해 가을 문과에 장원하였다. 숙종 때 예조판서를 거쳐, 현종 국상 때 도감으로의 공로가 인정되어 숭정대부에 올랐다. 좌의정을 거쳐 영의정까지 올랐지만 스스로 용퇴하고, 고향에서 인현왕후의 폐위가 부당하다는 상소를 올리는등 이조 중기의 명신이었다.

여운형(呂運亨)은 독립운동가로서 1909년 광동학교를 세워 청년들을 교육했고 1914년 중국 남경 금릉대학에서 영문학을 전공하다가 중단하였다. 파리에서 열리는 만국평화회의에 한국의 독립을 주창할 대표를 뽑기 위해 신한청년당을 조직하여 김규식을 대표로 보냈다.

이듬해 상해 임시정부의 의원이 되고 장덕수 등과 일본에 건너가 한국독립의 필요성을 역설하였다. 1920년 고려공산당에 가입하고 중국의 손문과 협력해 중국혁명을 추진하기도 했다. 1933년 중앙일보 사장을 역임하고 독립운동에 앞장섰다. 해방이 되자 1945년 9월 조선인민공화국을 선포하고 부주석이 되었다. 좌파 온건세력을 규합해 정치활동을 하다가 한지근(韓智根)에게 암살당했다.

여씨는 자신만을 믿는 성정이 자리잡아 아무리 타인과의 교류가 좋고 친근해도 최후의 마지막 마음까지는 주지 않는 양면성이 있다. 평범한 사람들은 그 지략적인 부분을 좇아갈 수가 없다. 용감하고 활동적이며 씩씩하고 나무랄 데 없는 현실을 살지만 내 둘레의 최측근까지 믿지 못하는 마음이 세월이 가면 고독과 고립을 자초하는 결과를 가져오기도 한다. 하지만, 삶의 자세는 늘 긍정적이고 밝고 꼬이지 않아 내식대로 사는 경향이 있다. 현대인들은 대부분이 이런 이중적인 성향을 가지고 있다. 성공이라는 명제가 목표라면 군중에 대한 제압력이 강해 반드시 성공할 수 있다는 자신감이 있는 성씨이다.

55 설 씨(薛氏)

설씨는 문헌에 23본으로 나타나 있으나, 경주(慶州), 순창(淳昌) 2
본 외에는 미고이다.

설씨의 원조는 신라 6부 촌장의 하나인 고야촌의 습비부장인 호
진(虎珍: 일명 거백)이나, 본래 원효대사와 요석공주 사이에서 태어
난 설총(薛聰)의 후예이다.

경주 설씨(慶州 薛씨)

설씨의 시원은 신라 개국 이전 6부 촌장의 하나인 고야촌장 호
진(虎珍)이 다른 5부 촌장과 함께 박혁거세를 신라 초대 왕으로 추
대하여 개국공신에 올랐다. 그 후 32년(유리왕 9년) 왕이 6촌을 부로
개칭하고 촌장들에게 사성함에 따라 명활산 고야촌이 습비부로 고
쳐지고 설씨로 득성(得姓)하였다. 습비부가 경주에 속해지므로 본관

을 경주로 하였다.

순창 설씨(淳昌 薛氏)

시원은 경주 설씨와 같고, 36세손 자승(子升)이 고려 인종 때 예부 시랑으로 순화(순창)백에 봉해지므로 순창으로 이관하였다.

설사(薛思)는 원효대사의 이름이다. 어머니 조(趙)씨가 유성(流星)이 품 안에 들어오는 꿈을 꾸고 낳았는데, 조실부모 하고 절에 들어가 의탁하였다. 661년 당나라에 유학하러 가다가 남양 근처 고총에서 해골에 괸 물을 먹고 "모든 것은 마음에 달렸고, 정(淨)도 부정(不淨)도 없다."는 깨우침을 얻어 돌아왔다. 요석공주와의 사이에 설총을 낳았다.

당나라로부터 〈금강삼매경〉이 구입되자, 당시 왕과 고승들 앞에서 이를 풀이하여 존경을 받았다. 불교 사상의 종합과 실천에 노력한 정사교(淨土敎)의 선구자로 대승불교의 교리를 실천했다. 한국 불교 역사상 가장 위대한 고승으로 존경받고 있다.

설총(薛聰)은 신라 10현(賢)의 하나이다. 벼슬은 한림(翰林)을 지냈고 유학과 문학을 연구해 왕의 정치에 자문역을 했다. 국학에 들어가 학생을 가르치니 이때부터 성학(經學)과 학교(學校)가 성행하게 되었다. 일찍이 중국에 사신으로 갔는데, 중국의 천자(天子)가 구경(九經)을 보이며, 너희 나라에도 이런 글이 있느냐? 고 묻자, 없다고 대답한 후 하룻밤만 빌려달라고 한 다음 모두 외운 다음 돌려주었다는 일화가 있다.

중국 문자에 토를 다는 이두문(吏讀文)을 발전시켰고, 〈화왕계(花王戒)〉로 신문왕을 충고했다. 경주의 서악서원(西岳書院)에서 제향하고 있다.

설씨는 타고난 무한한 예지력과 창의력 그리고 삶이나 죽음을 바라보는 열린 마음 등 일반 중생들이 범접 못하는 지혜의 보고를 가지고 있다. 정신의 세계 조차 다양해 어떤 사안에 대해 토론을 하더라도 남에게 뒤지지 않는 해박함이 있다. 통찰력이나 판단력이 조화를 이루면 결국에 창의적인 쪽으로 뻗어 우수한 학문을 바탕으로 한 양질의 해결사가 될 소질이 다분하다. 권력이나 힘의 핵심축이 되고자 하는 욕망이 강하고, 자칫하여 실수의 나락으로 빠지면 오히려 쉽게 포기해 '도' 아니면 '모' 식의 승부사적인 근성으로 삶을 도박처럼 끌고 당기기도 한다. 유능하지만 돌연변이적인 성향을 가지고 있는 성씨로, 신기가 왕하고 귀하여 높은 위치의 지도자가 될 소질이 다분하다.

56 마 씨(馬氏)

목천 · 장흥 마씨(木川 · 長興 馬氏)

도시조 마려(馬黎)는 온조왕의 좌보로서 10신(十臣)과 함께 온조왕을 따라 고구려에서 남하하였다. 위례성에 십제국(十濟國: 백제)을 세워 온조를 초대왕으로 추대하고 십제원훈에 보익되었다.

목천 마씨(木川 馬氏)는 육침(陸沉)을 중시조로 하여, 그의 8세손 순흥이 평장사에 오르며 목천군에 봉해졌고, 그의 아들 점중이 목주군에 봉해져 본관을 목천으로 하였다.

장흥 마씨(長興 馬氏)는 11세손 천목(天牧)이 조선 초기 왕자의 난 때 방원을 보필하여 좌명공신에 서훈되고 병조판서에 올랐으며 상흥 부원군에 봉해졌다. 회령이 장흥도원부 속현이므로 장흥을 본관으로 하여 내려오고 있다. 하지만 마씨 종친회에서 단일 혈통의 신념으로 마씨를 한 개의 본으로 하여 뭉치고 있다.

마천목(馬天牧)은 1398년(태조 7년) 상장군으로 제2차 왕자의 난을 평정하고, 방원을 추봉하여 좌명공신이 되어 병마절도사 등을 거쳐 명나라에 가서 본조 승인의 공을 세웠다. 세종 13년 그가 죽자 세종이 조회를 3일간 정지하고 추모하였다. 영의정에 추증되고 전남 장흥 충현사에서 제향하고 있다.

마하수(馬河秀)는 임란 때 이순신의 휘하에서 공을 세우다가 이순신이 무고로 투옥되자 사퇴했다가, 1597년 이순신이 풀려나오자 선박 10척을 거느리고 울량전에 참석하였다. 적선에 포위된 이순신 장군을 구하려고 칼을 빼어들고 적선에 침투했다가 적탄에 맞아 전사하였다. 사후 병조참판에 추대되고 충현사에서 제향하고 있다.

마씨는 우직하고 충정심이 남다르다. 어렵고 힘든 일도 별 내색 없이 열심히 하면서 불평 불만을 하지 않아 성실한 삶의 자세에 있어 타의 추종을 불허하는 드문 성씨이다. 그저 태어나 산다는 자체가 허허실실이요, 모든 것은 다 어디서 왔다가 어디로 가는지 모른다는 구도자의 마음이랄까. 성정이 어질고 착하며 모난 데가 없어 결국엔 편안하고 안락한 삶 속에서 행복을 추구하는 성씨이다.

57 방 씨(方氏)

온양 방씨(溫陽 方氏)

신농씨의 13세손인 뢰(雷)는 중국 하남 방산 지방에 복거할 때 방씨란 성을 받았다. 뢰의 134손인 지(智)는 당나라에서 한림학사로서 황제의 명에 의하여 669년(신라 문무왕 9년)에 동래하여 설총과 함께 6례9경(六禮九經)을 밝힌 동방유학의 한 사람이었다. 그 후 상주에 세거하여 상주란 본관을 썼고, 운(雲)이 온수(온양)군에 봉해짐에 따라 온양으로 개관하게 되었다.

시소 시(智)로부터 운(雲)까시의 넌내는 실선(失傳)되어 방운(方雲)을 1기로 하여 상주, 신창, 군위 방씨가 있었으나, 모두 온양으로 합본되었다.

방신우(方臣佑)는 충렬왕 때 안평공주를 따라 원나라에 가서 수원황태후의 시중을 들어 평장정사가 되었다. 1310년 태후의 명으로 고려에 파견되어 〈금자장경(金字藏經)〉의 사서를 감독 완성하여 태후의 복을 빈 공으로 중모군(中牟君)에 봉해졌다. 이후 고려를 원나라에 편입하려는 움직임이 있자, 그 무모함을 역설하여 철회시켰다.

방정환(方定煥)은 1912년 미동보통학교를 졸업하고 선린상업학교를 2년 다니다 중퇴하였다. 1918년 보성전문학교에 입학하여 《신청년》,《신여자》 등의 편집을 맡았다.

3·1운동 때 오일철 등과 함께 등사판으로 〈독립신문〉을 돌리다가 체포됐다. 그해 일본 동양 문학대학에 입학하여 아동문학에 전심하였다. 《어린이》를 창간하고 윤극영, 손진태 등과 함께 색동회를 조직해 첫 「어린이날」을 정했다. 일생을 어린이를 위한 각종 단체, 강연회, 동화대회 등을 열다가 격무로 병사하였다. 1957년 그의 업적을 기리기 위해 소파상(小波賞)이 제정되었다.

방씨는 다사다난하나 밝고 명랑하다. 여러 사람과 어울리기 좋아하고 사람들을 즐겁고 명랑하게 만드는 힘이 있다. 명쾌한 순발력으로 임기응변도 능하고 재주가 많아 목적의식이 뚜렷하며, 여러 분야에서 타인보다 월등한 능력을 발휘하고 있다. 어떠한 경우에도 자신의 재능이 빛을 발할 것이라는 생각을 가지고 매사에 임하면 남보다 뒤쳐져 속상하거나 무용지물의 삶을 살게 되지는 않는다. 삶의 신기가 새록새록하고 예쁘다.

58 강 씨(康氏)

신천 강씨(信川 康氏)

시조 강후(康侯)는 중국 주나라 무왕의 아우 강숙봉의 둘째 아들로, 기원전 198년에 기자(箕子)와 함께 평양에 들어와 왕실의 교화를 조성한 공으로 관정대훈공신에 책봉되었다. 그의 아버지인 강숙(康叔)의 강 자를 사성함으로서 모든 강씨의 시조가 되었다.

그의 67세손인 중시조 호경(虎景)은 고려 태조의 외조이며, 고려 건국의 기반을 닦는 데 많은 공을 세워 국조대왕에 추대되었다. 또한 강후의 80세손인 지연(之淵)이 신천에 거수하며, 고려 명종 때 신천(신성) 부원군에 봉해지면서 후손들이 신천을 본관으로 하여 세거하였다. 북제주군 조천서원에서 제향하고 있다.

강조(康兆)는 고려 목종때 중추원사로 서북면도순검사가 되었다. 1010년(현종 1년) 목종의 살해사건을 문죄한다고 거란의 성종이 40만

대군을 이끌고 침입해오자 행영도통사가 되어 30만대군을 이끌고 싸웠으나 패하여 사로잡혔다. 성종으로부터 신하가 될 것을 권유받았으나 끝내 이를 거부하여 살해당했다.

강응철(康應哲)은 임란 때 의병장으로 상주를 중심으로 각처에서 왜병을 물리쳤으나, 광해군의 폭정에 분개하여 은퇴해 향리에서 독서와 저술로 여생을 보냈다. 저서에 《남계유고》가 있다.

강후건(康厚楗)은 조선조 때 통정대부로 사재를 털어 사회공익과 빈민구제를 하여 81세 고령으로 돌아갈 때까지 그 칭송이 자자했다.

강씨는 자존심이 강하고 투지가 있다. 침착함 보다는 순간 요동하는 마음이 강력한 신기와 접목되면 큰 일들을 일궈내는 경우가 많다. 대기만성형 보다는 순간 결정이 어떤 호기를 잡을 수가 있고, 귀인의 등장에도 돌연변이적인 부분이 있으니, 매사를 안이하게 보지 말고 늘상 예지력있는 눈빛으로 세상을 살피다 보면 개운의 지름길이 트일 것이다.

59 성 씨(成氏)

창녕 성씨(昌寧 成氏)

성씨는 원래 중국 주나라 문왕의 일곱 번째 아들인 숙무(叔武)의 후손들이라고 한다. 당나라 때 학사 경이(鏡以)가 우리나라로 왔으며 백제의 충(忠), 신라의 저(貯)가 있어 두 사람 다 절의와 벼슬이 당당하였다. 시조 인보(仁輔)의 아버지는 숙생이고, 신라 대관 저(貯)의 후예라 하였다. 시조 인보(仁輔)는 창녕에 여러 대 세거한 호족이며, 그곳에서 호장중윤을 지냈다. 고려 태조 때 관원을 파견하여 호족을 다스리게 했는데, 그 후손들도 창녕에 세거하여 본관으로 삼았다.

성준득(成準得)은 1370년 공민왕때 명나라에 사신으로 갔다가 악기(樂器)와 육경, 사서, 통감, 한서 등의 책을 가지고 들어와 고려조의 대성악 줄거리를 이룩했다. 또한 원나라에 시집가 원나라 멸망과 함께 연경에서 실종됐던 충혜왕의 딸 장녕공주를 찾아내 데리고 들어왔다.

성삼문(成三問)은 사육신의 한 분이다. 1438년(세종 20년) 문과에 급제했다. 정음청(正音廳)에서 신숙주, 정인지, 최항, 박팽년, 강희안, 이개 등과 함께 한글 창제를 앞두고 명나라 한림학사 황찬(黃瓚)에게 13번이나 왕래하며 음운을 묻고 제도를 연구하여 마침내 1446년 9월 29일 훈민정음(訓民正音)을 반포케 했다. 하지만 예방승지로 있을 때 세조가 단종을 폐하고 왕위를 찬탈하자 그를 시해하기로 모의, 거사가 실패하자 아버지 성승(成勝)과 세 동생, 네 아들이 모두 극형을 받았다. 홍성의 노운선원, 의성의 충렬사 등에서 제향하고 있다.

성씨는 창조적인 마음으로 구시대를 버리고 새로운 시대를 여는 내면의 강렬한 기운이 있어 수많은 일을 해내는 실천력까지 겸비한 내유외강형의 성씨이다. 하지만, 그 속내에 자리잡은 빛과 그림자의 싸움이 역사적으로도 비운의 대명사가 되기도 했다. 하지만, 어디까지는 되고 어디까지는 안 된다는 선이 분명해 도저히 융합될 수 없는 두 마음의 주인공이기도 하다. 성씨 성을 갖는 사람들은 그 양면의 마음을 잘 다스려 슬기롭게 살아가는 방법을 잘 터득하다보면 크게 발복할 것이다.

60 전 씨(田氏)

전씨는 문헌에 142본으로 나와 있으나, 5본을 제외하고는 미고이다.

본관은 남양(南陽), 담양(潭陽), 연안(延安), 영광(靈光), 하음(河陰) 전
씨 등이 있다.

남양 전씨(南陽 田氏)

시조 전풍(田豊)은 중국의 한림학사로 송과 원의 제왕권 쟁취득기
를 잘못 기록했다고 원나라 황제의 미움을 사, 해동으로 좌천되어
우리나라에 왔다. 고려조에서는 송나라에 대한 그의 충절을 가상히
여겨 남양군에 봉했나. 후손들이 남양에 세서하면서 선홍, 선림, 소
선조 때 도술가 전우치 등 유명 인물을 많이 배출되었다.

전우치(田禹治)는 말단 관직을 사임하고 수도 중 산신령을 만나 비
결을 전수받아 수많은 도술을 행했는데, 당시 백성을 현혹시킨다고
투옥되어 신천옥에서 옥사하였다. 고향인 석성현(논산군 성동면)에 수

령 500년 된 은행나무가 보호수로 지정받고 있는데, 전우치가 심은 것이라 한다. 그의 기행은 작가 미상의 〈전우치전〉에 전해지고 있다.

담양 전씨(潭陽 田氏)

시조 전득시(田得時)는 고려 때 현량으로 천거되고 문과에 급제하여 벼슬이 좌복사참지정사에 이르고 담양군에 봉해졌다. 후손들이 담양을 본관으로 하여 이어져 오고 있다.

전우(田愚)는 성리학자로 노론 학자들의 학통을 이어받아 이이, 송시열의 사상을 신봉했으나, 주리(主理)·주기(主氣)의 양설을 배척하고 절충적인 경향을 취했다. 고종 때 강원도지사, 중추원 찬의 등에 임명되었으나 모두 사양하고, 만년에는 전라도의 계화도(界火島)에서 후학을 가르쳤다.

전씨는 호걸다운 면모가 많다. 내식대로 살면서 호기심이많아 하고 싶은것 갖고 싶은 것에 대한 집착이 남다르다. 씨를 뿌려 대지의 푸르름이 짙어지면 꽃은 언제 피고 열매는 언제나 열려 수확을 할 것인가. 때를 기다리고 명산 대천의 산새 우지짖는 소리에 세월의 무상함을 탓하는 다분히 비현실적이고 정적인 부분도 있는 성씨이다. 마음이 온후하고 숨겨진 욕망은 곳간의 노적가리를 지키는 만석꾼의 집사장 같은 풍부한 심상의 성씨이다. 내가 지닌 재물에 대한 풀어씀과 소유할 재물에 대한 용도를 살펴 구휼에 힘쓴다면 조상들도 발복의 길을 알려줄 것이다.

61 신 씨(辛氏)

영산 · 영월 신씨(靈山 · 寧越 辛氏)

신씨는 원래 중국의 성으로 당나라 천보연간(742~755)에 신시랑 (辛侍郎)이 엄시랑(嚴侍郎)과 함께 사신으로 신라에 들어왔다가 그대 로 머물며 벼슬이 파락사에 올랐다. 하지만 세계가 실전(失傳)되어 고려 인종 때 평장사를 지낸 경(鏡)을 1세조로 하여 계대하고 있다. 최근 경의 4세손 몽삼(夢森)의 지석이 발견되었는데, 태사공 영주 신 공지묘라고 하여 당초에는 영주 신씨임을 알 수 있으나 양관을 쓰 고 있다.

신돈(辛旽)은 옥천사(玉川寺) 사비(寺婢)의 아들이었다. 어려서부터 중이 되어 전국 각지를 방랑하다가 김원명(金元命)의 추천으로 공민 왕을 만나고 나서 신임을 얻어 정치, 종교의 대권을 장악했다. 1365 년(공민왕 14) 진평후에 오르고 부원군에 올랐다. 〈전민반정도감〉을 설치하여 자신이 판사에 취임해 문란한 토지제도를 개혁하고, 농민의 권익을 옹호하며 국가재정의 충실을 기했다. 1367년 귀족세력을 무너뜨리고자 모반을 꾀했지만, 왕과 대신의 신임을 잃어 실패로 끝나고 반역을 획책하다가 처형되었다.

신계영(辛啓榮)은 1624년 종사관으로 일본에 가서 포로된 146명의 조선인을 데리고 귀국했다. 1637년 심양에 다녀와 강화부사가 됐으며, 2년 뒤 볼모로 잡혀간 세자를 맞으러 심양에 갔으며, 다시 사은부사로 청나라에 갔다. 평생을 일본, 중국의 외교사절로 큰 역할을 하였다.

신씨는 성정이 맑고 깔끔하다. 매사 과묵하고 희로애락의 감정표현을 자제해 마음의 변별력이 우수한 특성이 있다. 학 같은 고고함과 다른 사람과는 다르다는 우월감이 귀인의 눈에 띄일 때는 발복의 기간이 상당히 길고 생명력도 질기다. 기사회생의 면모 또한 있어 강인한 회생력으로 놀라운 힘을 발휘해 세인의 선망의 대상이 되기도 한다. 늙어서도 늙지 않는 청춘의 마음이 서정적이고 청운의 뜻이 아름답다. 꼭 인간이 늙고 나이 먹으면 마음까지도 함께 늙어가야 된다고 생각할 것은 아니다. 60세 소년도 있고, 50세 소녀도 있는 세상이 아름답고 오히려 살만한 세상인 것처럼, 나이의 높낮이에 구애받지 않고 삶을 영위하는 자세가 독야청청하다.

(62) 양 씨(楊氏)

양씨는 문헌에 47본으로 나타나 있으나, 6본을 제외한 나머지는 미고이다.

본관은 남원(南原), 밀양(密陽), 안악(安岳), 중화(中和), 청주(淸州), 통주(通州) 양씨가 있다.

양씨는 원래 중국의 성씨로 당 숙우(叔虞)의 후손 백교(伯僑)가 진나라에서 주나라로 건너가 양후에 봉해지므로 나라 이름으로 인하여 양씨가 되었다.

청주 양씨(淸州 楊氏)

시조 양기(楊起)는 중국 원나라에서 도첨의시중을 지내다가, 1351년(공민왕 1년)에 노국대장 공주를 모시고 우리나라에 들어와 정착해 세거하면서 상당(청주의 고호)백에 봉해지고. 본관을 청주로 해서 이어오고 있다.

양사언(楊士彦)은 1546년 문과에 급제하여 여러 외직을 주로 다닌 것은 자연을 사랑하는 마음이 남달랐기 때문이라고 했다. 여러 명산과 금강산 등을 유람하며 "태산이 높다 하되 하늘아래 뫼이로다"는 유명한 시조를 남겼다. 조선 전기의 4대 서예가로 〈금강산 유람기〉를 썼다.

중화 양씨(中和 楊氏)

시조 양포(楊浦)는 고려 고종 때 정승을 지냈으며 당악(중화의 고호)군에 봉해져, 그 후손들이 본관을 중화로 하였다. 묘소는 평남 중화군 양지리에 있다.

양희지(楊熙止)는 성종때 문과에 급제 연산군 때 도승지직제학으로 무오사화 때 사퇴했다가 부제학, 형조참판 등을 거쳤다. 무오사화 때 유배된 사람들의 복권을 논하다가 노사진, 유자광등의 논공을 받아 파직됐다. 연산군 10년 한성부윤에 올랐다. 저서에 〈대봉집(大峰集)〉이 있다.

양씨는 만추의 계절에 수확을 하는 농부의 심상을 지녔다. 먹을 거리는 어느 정도 비축해야 되며, 노적가리는 어떻게 쌓을 것인지 인정도 많고 남에게 베풀기도 하면서 베짱이 보다는 개미의 심상으로 성실하게 살아간다. 남에게 손 벌리는 것, 궁핍한 모습을 보이는 것을 싫어해 쓸만한 돈은 항상 얼마간 비축을 하려 노력하고, 실제로 위기의 상황에서는 구휼할 재물이 있는 사람이 많다. 낭만적이고 삶을 악다구니 속에 힘들게 살기를 싫어하지만, 대충 사는 것 또한 배제하는 합리적인 행동의 성향을 가진 건실한 성씨이다.

⑥③ 함 씨(咸氏)

강릉 함씨(江陵 咸氏)

함씨는 문헌에 60본으로 나타나있지만, 현재는 단본으로 알려져
있다.

강릉 함씨의 시조 함규(咸規)는 고려의 개국공신으로 평장사를 지
내고, 몽고군 침입 시 대사마 대장군으로 당나라에서 병부상서 평장
사를 역임하고 동래한 함혁(咸赫)의 원손이다.

함혁은 익화(양근의 고호)에서 선정을 베풀고 긴 석성(石城)을 쌓기
도 했다. 후손 신(信)이 강릉 김씨의 시조 김주원(金周元)을 따라 강릉
에 살게 되므로 본관을 강릉으로 하게 되었다.

함헌(咸軒)은 중종 때 병과로 급제하여 예빈사정으로 서장관이 되
어 청나라에 다녀와 삼보부사 등 6개 부사를 지냈다. 만년에는 학문
의 퇴폐를 통탄하고 강릉에 오봉서원을 설치하여 공자(孔子)의 존영

을 모셔놓고 후진을 가르쳤다. 저서에 〈칠봉문집(七峰文集)〉이 있다.

함일형(咸一亨)은 용천에 덕일학교를 설립하여 교육에 힘썼다. 항일운동과 만민공동회에 참가하여 애국사상을 고취시켰으며, 3.1운동의 선봉이 되었다. 독립운동 중 필요한 수많은 독립운동 자금을 조달하는 공이 혁혁했다. 일본군에게 체포되어 투옥되었다가 출옥 후 옥고로 병사하였다.

함태영(咸台永)은 대한민국 법관양성소를 나와 한성재판소 검사가 되었다. 1898년 독립협회 사건때 이상재의 무고를 선고하고 석방하였다가 파면당했다. 그후 대심원 판사를 역임하고, 3.1운동 당시 만세운동을 주도하여 3년간 옥고를 치뤘다. 1952년 3대 부통령에 당선되었다.

함씨는 자수성가를 잘한다. 홀홀단신으로 지방이나 타향으로 이동을 하더라도 어떻게든 자신의 몫을 해내는 은근과 끈기가 있다. 어렵고 힘든 때를 근면과 성실로 극복해 결국에는 윗사람의 눈에 띄고 맘에 들게 하는 재주가 있다. 입신양명을 하기보다는 주어진 일에 성실하니, 내가 내몫을 차지한다고 하는 것이 중요하다. 한 곳에서 오랫동안 일을 봐주던 주인이 그 자리를 넘겨준다거나, 유고시 대신 그 자리를 차지하는 등 운세의 흐름도 팔자가 세거나 꼬이는 것이 아니라, 때를 기다리면 발복을 하는 대기만성형의 성씨이다.

64 변 씨(邊氏)

변씨는 문헌에 67본으로 나타나있으나, 3본 외에는 미고이다.

본관은 원주(原州), 장연(長淵), 황주(黃州) 변씨가 있다.

원주 변씨(原州 邊氏)

시조 안열(安烈)은 송나라 말기에 고려에 귀화하여 상장군으로 태천백에 봉해지고, 황주 변씨의 시조가 된 여(呂)의 후손이다. 그는 1351년(충정왕 3년) 수장으로 노국공주를 배종한 공으로 평장사로 원주 부원군에 봉해졌다. 그리고 원주를 식읍으로 하사받고 후손들이 황주 변씨에서 분적하여 세계를 이어오고 있다.

변량걸(邊良傑)은 임란 때 김천익과 함께 강화를 방어했으며, 충청, 함경도 병마절도사를 거쳤다. 명나라 잔병들의 반란을 계교로 진압하여, 그 공으로 대장에 올랐다가 도총관, 수원부사겸 방어사, 제주목사 등을 지냈다.

변응정(邊應井)은 임진왜란 때 해남 현감으로 전공을 세워 수군절도사가 되었으나, 금산 전투에서 전사하였다. 충남 금산 종용사에서 제향하고 있다.

황주 변씨(黃州 邊氏)

시조 여(呂)는 중국 용서 사람으로 송나라가 망하자 우리나라에 망명해 황해도 황주에 세거하였다. 그는 고려 고종 때 상장군으로 봉천군에 봉해졌다. 후손들이 황주를 본으로 하여 세계를 이어오고 있다.

변이중(邊以中)은 이이의 문인이다. 선조 1년 사마시에 합격하였고, 임란 때 전라도 소집어사가 되어 병마와 군기를 취급하여 적에 대비하였다. 화차 30량을 제조하여 권율 장군에게 주어 행주대첩을 승리하게 하였다. 군량 수십만 석을 걷어 명군에 조달했다. 1605년 사직 이이에게서 학문을 닦았다. 후에 이조참판에 추서되었다.

변씨는 여러 분야에서 재능이 탁월한 성씨이다. 겉으로는 그리 대단해 보이지도 않는 사람이 어느날 갑자기 개과천선 입신양명을 하여 나타나듯 깜짝쇼의 주인공으로 보이지만, 그 이면에는 피나는 사고의 노력을 참아낸 강인한 내성이 있다. 일단 목표치가 정해지면 어떠한 경우에도 끝장을 보는 힘이 모질다. 변씨 성은 강인한 정신력으로 학문이나 연구 분야에 매진하면 발복을 할 것이고, 높은 고지를 정복하는 정복자의 쾌감을 맛볼 수 있는 숨은 기질을 개발하기 바란다.

65 복 씨(卜氏)

면천 복씨(沔川 卜氏)

시조 복지겸(卜智謙)은 태봉의 마군장군으로 있다가, 궁예가 횡폭해지자 919년 궁예를 몰아내고 태조 왕건을 추대한 개국공신이다.

그 선조는 당나라 때의 학사로서 신라 말 난을 피하여 우리나라에 와서 면천(당진군 순성면)에 정착하여 당시 서해안에 들끓던 해적들을 소탕해 민생을 안정시켰다. 후손들이 면천을 본관으로 세거하고 있다.

충남 당진군 순성면 양유리에 시조의 제단이 있으며, 향사일은 음력 10월 1일이다.

복 규(卜奎)는 원주 방호별감으로 1291년 거란족의 침입을 격퇴하였다. 이듬해 지서경 유수(知西京留守)가 되었다.

복 오(卜吾)는 세종 때 생원이 되고 시평, 정언 등을 거쳐 임천, 여천 군수를 역임했다.

복응길(卜應吉)은 임란 때 말단 관리로 출전해 왜군과 항전하다가 순절하였다.

복씨는 신비롭고 이상의 무지개를 좇는 평화주의자이다. 출세나 명예보다는 내가 원하는 분야나, 내가 하고 싶은 일에 매진하여 결국에는 성공하고야 마는 성씨이다. 매사 악의가 없고 순박하여 남에게 당하기도 하지만, 순응하는 마음으로 인하여 묻혀지거나 잊혀져도 상처를 잘 안 입는 편안한 성품을 가진 듯 보인다. 남을 미워하거나 남을 원망하는 것은 나의 정신을 황폐화시키는 무서운 독성을 가지고 있다. 복씨 성들은 미움 보다는 사랑의 마음으로 타인을 대하므로 그 착한 성향은 결국 큰 복으로 돌아옴이 인지상정인 것을 이미 아는 성씨가 아닐까.

66 봉 씨(奉氏)

봉씨는 문헌에 19본으로 나타나있으나, 2본을 제외하고는 미고이다.

본관은 하음(河陰), 강화(江華) 봉씨가 있다.

하음 봉씨(河陰 奉氏)

시조 봉우(奉佑)는 고려 인종 때 위위소랑, 좌복사로 공을 세워 하음백에 봉해졌다. 1107년(예종 2년) 한 노파가 강화의 하음면에 석함이 떠있는 것을 발견하고 건져보니 사내아이가 있었다. 이 아이를 왕에게 바치니 궁중에서 양육하고 봉우라는 성명을 하사했다. 그 후손이 본관을 하음이라고 하여 세계를 이어오고 있다. 묘소는 강화도 화도면 마니산에 있으며, 향사일은 3월 7일과 10월 8일이다.

봉원효(奉元孝)는 성종 때 문과에 급제해 여러 관직을 거쳐 강원도

도사가 되었다. 재직시 도내에 전염병이 돌아 시급했으나 소홀히 다뤘다는 이유로 파직당했다가, 성종 18년 다시 복직되었다.

봉여해(奉汝諧)는 어려서부터 재주가 뛰어나 성삼문, 박팽년 등과 함께 박중림 문하에서 수학하였는데, 사육신 사건 가담 혐의로 화를 입었다. 문장에 탁월해 〈사경역의〉 등을 저술했지만 불타서 없어졌다.

봉석주(奉石柱)는 단종 1년 계유정란 때 수양대군을 도와 강성군에 봉해졌고 병조참판에 올랐으나, 그후 역모죄로 김처의, 최윤 등과 함께 화를 입었다. 연산군 때 자손들의 상소로 죄가 사해지고 관직이 복직되었다.

봉씨는 언행이 쾌활하고 활기차다. 영감이 뛰어나며, 개혁적이고 혁신적인 사고로 세상을 이끌어가는 선봉에 서기도 한다. 매력적인 성품과 튀는 행동이 강한 돌발성이 있어 명예나 재물의 쟁취에 탁월한 능력을 보이지만, 이를 자신만을 위해 쓰거나 사리사욕을 위해 배를 채우려 하지 않는다. 보다 뜻이 있고 의미있는 일에 관심이 지대하고 선행이나 봉사에 남다른 행동을 보여 실천하는 지성인이라 할 만하다.

67 사 씨(史氏)

사씨는 문헌에 16본으로 나타나있으나, 2본을 제외하고는 미고이다.

본관은 거창(居昌), 청주(清州) 사씨가 있다.

거창 사씨(居昌 史氏)

거창 사씨는 우리나라에 오래 전부터 살고있던 토착 성으로 고려 말에 명나라에서 귀화한 청주 사씨와 구별된다. 원래 사씨는 중국 주나라 때 사일(史佚)이란 벼슬이 있었는데, 그 직에 있던 사람이 사씨로 성을 삼았다고 전해진다.

인물로는 고려 예종 때 사부상서를 지낸 사영(史榮), 명종 때 좌복사 사정유(史正儒)가 있다.

고종 때 참지정사 사홍기(史洪紀), 병조상서 사광필(史光弼) 등이 있으나, 이는 모두 청주 사씨 이전의 성씨이므로 거창 사씨로 짐작된다. 당시는 상당한 문벌이었다고 사료되나, 현재는 후대가 거의 없으니 모두 청주 사씨로 합본된 것으로 추정된다.

청주 사씨(靑州 史氏)

시조 요(繇)는 중국 상동성 청주(靑州) 사람으로 명나라의 개국공신이다. 그가 예부상서에 오르자 소인들이 모함하여 고려 공민왕 때 우리나라에 망명하였다. 명나라 태조의 조서(詔書)로 파주에 세거하며 후손들이 사씨의 발상지인 중국의 청주를 사모하여 본관을 청주로 하여 세계를 계승하고 있다.

사 영(史榮)은 1114년 서북면 병마사로 여진족의 침입을 막았고 사부상서에 올랐다.

사 중(史重)은 1429년(세종 11년) 대마도에 왜적 정벌에 출전하여 대공을 세우고 관찰사에 임명되었다.

사씨는 두뇌가 총명하고 슬기롭다. 매사를 처리함에 있어 막힘없이 능수능란하고 순발력 또한 탁월하다. 타인의 심상을 잘 헤아려 분별력이 있어 성서석으로 안성되어 있는 성씨이다. 새로운 분야에 투입되면 창조적 성향이 강해, 그 분야에서는 끝까지 파고들어 무에서 유를 창조하는 기질이 강하다. 실패를 해도 좌절하지 않으며, 주위 사람들에게도 희망과 용기를 주어 함께 있으면 안락함을 주고 도움까지 주는 배려심이 있다.

68 소 씨(蘇氏)

진주 소씨(晉州 蘇氏)

중국의 요(堯)임금은 9이(九夷) 중 하나인 풍이(風夷)의 후손으로, 그의 후손인 기곤오(己昆吾)를 소성(蘇城)의 하백으로 봉했다. 기원전 2266년 소성은 단군조선에 귀속되었으며, 기(己)씨 성을 고쳐 소성이라고 하면서 비로소 소씨 성이 탄생되었다.

소곤오의 후손이 고조선의 유민과 함께 경주지방에 이거하여 진한을 건국하고, 소벌도리공이 박혁거세를 도와 신라를 건국하였다.

소벌(蘇伐)의 25세손인 경(慶)은 손자가 없었는데, 어느 날 소벌의 꿈에 나타나 진주 도사곡(猪洞)으로 이거하면 9저를 얻을 것이라 하여, 660년 지금의 진주시 상대동으로 이거한 후 9세(世) 9장군(將軍)을 낳게 되었다. 이리하여 후손들은 벌(伐)을 원조로 하고, 진주를 본관으로 하여, 경(慶)을 중시조로 하였다. 656년(무열왕 3년) 그의 조상인 벌을 문열왕에 추봉하였다. 묘소는 진주시 소경임좌에 있고 향사일은 3월이다.

소복서(蘇福瑞)는 아명은 해태이며, 청주 총관으로 9장군 중 첫 장군이다.

소억민(蘇億民)은 임란 때 소억령을 의병장으로 추대하고 연안, 평양 등지에서 대승을 거둬 중추부 판사가 되었다.

소덕효(蘇德孝)는 영조대왕의 국상을 당하자 소의소식하고 3년상을 지내 시문이 세워졌다.

소씨는 예능적 기질이 강하고 뜻이 원대하다. 현실의 나보다는 미래의 만들어진 나에 대한 동경이 강해 어떤 목표가 정해지면 계획과 구상을 짜서 실행하는 창조적 성향이 있다. 상사나 부하의 선망의 대상이 되고 싶어하고, 고귀함을 인정받고 싶어한다. 뒤에서 밤을 새워서라도 작업을 해내 돋보이고 싶은 기질을 갖고 있지만, 잘난 척하고자 하는 행동은 금물이다. 성격은 밝고 호탕하고 급하지만, 경박하지 않은 다분히 합리적인 성씨이다.

69 석 씨(石氏)

석씨는 문헌에 85본이나, 2본을 제외하고는 미고이다.

본관은 충주(忠州), 해주(海州) 석씨가 있다.

충주 석씨(忠州 石氏)

시조 석린(石鄰)은 고려 의종 때 낭장(郎將)으로 두경승과 함께 조위총의 난을 평정한 공으로 상장군이 되고 서북병마사를 지냈다. 그의 7세손 천을(天乙)의 아들 형제가 홍주, 충주로 분관되었다.

석지형(石之珩)은 인조 때 별시문과에 급제하여 형조좌랑이 되었다가 오랫동안 강화부 교수를 지냈다. 〈오행귀람〉, 〈남한일기〉 등이 있다.

석성국(石成國)은 1895년 명성황후가 시해되자 한봉주와 함께 청주에서 의병을 일으켜 참모장으로 활동하다가 일본군에게 잡히자

자결하였다.

석창문은(石昌文) 임란 때 속리산 전투에서 일본군에 승리했고, 오대산으로 가던 중 잡히자 스스로 혀를 깨물고 자결하였다.

해주 석씨(海州 石氏)

시조 석성(石星)은 중국의 동명 사람으로 1559년 진사과에 급제하였다. 명나라 목종 때 병부상서를 지냈다. 그는 임진왜란 때 우리나라를 돕는 데 공이 컸으나, 심유경으로 인해 모함을 받아 투옥당했다. 그후 아들 담(潭)이 우리나라에 들어와서 해주에 정착하여 수양군에 봉해지고, 후손들이 해주를 본관으로 세거하였다.

석상용(石祥龍)은 항일투사로 경기, 충청지방에서 지리산으로 들어온 문태수, 박화서 등과 합세하여 많은 공을 세웠으며, 일본군과 싸우다가 체포되어 진주에서 5년간 옥고를 치뤘다.

석씨는 배짱이 두둑하다. 당장 벼락이 치더라도 내가 하고 싶은 일과 해야 할 일에 대한 부분에 소홀함이 없다. 항상 남에게 희망을 주고 싶어 하고, 나보다는 남에 대한 배려가 자비의 마음으로 연결되어 싫어하는 사람들이 별로 없다. 뭇사람들이 속으로 존숭을 해주는 공덕이 있으므로 쓸데없는 욕심은 부리지 말고 안분지족하면서도 목표치를 설정해 매진하면 반드시 발복할 것으로 믿는다.

70 노 씨(魯氏)

노씨는 문헌에 64본으로 나타나있으나, 4본을 제외하고는 미고이다. 노씨는 본래 중국 주나라 때 백리(佰离)가 노에 봉해져, 그 후손들이 노씨 성을 갖게 되었다.

본관은 강화(江華), 광주(廣州), 밀양(密陽), 함평(咸平) 노씨가 있다.

강화 노씨(江華 魯氏)

시조 용신(龍臣)의 선세계는 주나라 백리(佰离)의 원손으로 고려 고종 때 강화 현령으로 몽고군이 침입했을 때 강화 천도에 공을 세워 강화군에 봉해졌다. 후손들이 강화에 세거하며 이어져 오고 있다.

밀양 노씨(密陽 魯氏)

시조 노중연(魯仲連)은 주나라 사람으로 진시왕을 축출하는 데 공이 컸다.

기자 조선 때 손자 계(啓)가 사신으로 따라와 정착하고, 그의 원손인 형권(衡權)이 공민왕 때 공조판서로 홍건적을 물리치니, 그 공으로 밀산(밀양의 고호)군에 봉해져, 그 후손들이 세계를 이어오고 있다.

광주 노씨의 시조는 필상(弼商)으로 광주에 세거하며 본관을 광주라 하였다.

함평 노씨의 시조는 목(穆)으로 고려 인조 때 이자겸의 난을 평정한 공으로 문하시중에 오르고 함풍(함평의 고호)군에 봉해져, 그 후손들이 함평을 본으로 해서 세계를 이어오고 있다.

노인(魯認)은 임란 때 권율 휘하에서 전공을 세우고 정유재란 때는 남원에서 일본에 포로로 잡혀갔다가 탈출하였다. 명나라의 무이서원에서 정주학(程朱學)을 공부하였다. 도학(道學)에 탁월하여 해동부자(海東夫子)라는 칭호를 받았다.

노씨는 덕망이 있는 성씨이다. 삼라만상을 바라보는 혜안과 영감이 있고, 나무보다는 숲을 보는 열린 마음이 지도자의 성향이 강하다. 성정이 온후하고 침착하여 조화를 이루는 가운데 인정있고 보살펴주며 배려해 주는 도인의 기질이 있다. 한낱 미물에 불과한 인간에 대한 마음도 열려있어 풍부한 대지의 품과 같은 도량이 결국에는 크게 발복을 한다.

71 염 씨(廉氏)

파주 염씨(坡州 廉氏)

염씨는 중국 황제의 후손으로 헌원씨 때에는 공손(公孫)씨라 하였으나, 회수지방에 이거하면서 희(姬)씨로 하는 등 변성이 됐다가 후손이 중국 하동에 이주하면서 염씨로 개성했다.

시조 교명(郊明)은 당나라 말기 난을 피해 우리나라 봉성(파주의 고호)에 들어와 은거하였다. 그의 후손 제신(悌臣)은 1304년(고려 충렬왕 30년)에 출생하여 11세 때 원나라에 들어가 10년간 수학하고, 공민왕 때 좌우정승을 거쳐 문하시중에 이르러 곡성 부원군에 봉해졌다. 그는 30여 년 동안 내외란을 평정하는 데 큰 공을 세워 공민왕이 친히 유상(遺像)을 그려 주기도 했다.

곡성이 단원으로 개명되었다가 다시 파주로 하여 오늘날까지 세계가 이어져 오고 있다.

염언상(廉彦祥)은 무과에 급제해, 임진왜란이 일어나자 이순신 막하에서 옥포와 한산 싸움을 승리로 이끌어 훈련원 검정이 되었고, 권율 휘하에서 유격장이 되어 곽재우와 함께 밀양, 함양을 지키고 추풍령을 방어하다가 유탄에 맞아 순국했다.

염영갑(廉榮甲)은 조선의 자선가(慈善家)로서 사재를 털어 자선에 힘썼다. 구제미 1만 3,350석을 희사했고, 향토의 사업에 4만량을 내어 문화발전에 기여해 후대까지 이름이 남게 되었다.

염상섭(廉想涉)은 보성학교를 거쳐 일본에 유학해, 《개벽》지에 단편소설 〈표본실의 청개구리〉를 발표하며 문단에 등단했다. 동명지의 기자로 있다가 매일신보 기자, 경향신문 편집국장 등을 거쳐 서라벌예대 학장을 지냈다. 근대 자연주의 작가로 〈삼대(三代)〉, 〈채석장의 소년〉 등이 있다.

염씨는 인정이 넘친다. 보시를 당연시하며 맑은 계곡의 물이 옹달샘을 이루듯 내가 베푼 공덕이 결국에는 다시 돌아와 큰 내를 이루는 경우가 많다. 근본적인 성향이 자선과 보시를 생활화하니 염씨들은 자애로움을 타고난 것이 아닌가 싶다. 남을 돕는 것도 쉬운 일은 아니다. 내 한 몸을 아끼지 않고 투척하니 늘상 피곤하고 곤고할 수도 있다. 하지만, 뜻을 굽히지 않는 꼿꼿함이 큰 선행을 하게 하는 능력으로 발복의 지름길이니 포기하지 말기를 부탁한다.

72 추 씨(秋氏)

전주 · 추계 추씨(全州 · 秋溪 秋氏)

시조 추엽(秋饁)은 송나라 고종 때 사람으로 1141년(고종 11년) 문과에 급제해 벼슬이 문하시중에 이르렀다. 고려 인종 때 우리나라에 들어와 함흥에서 살았다. 그의 손자인 적(適)은 충렬왕 때 예문각 대제학에 이르렀다.

추엽의 10세손인 추수경(秋水鏡)이 명나라에 건너가 1591년 무강 자사를 지내다가 이듬해 임진왜란이 나자 원병의 일원으로 이여송의 부장이 되어서 두 아들 로, 추(蘆, 萩)와 함께 곽산, 동래 등지에서 전공을 세우고 전주에 살았다.

사후 완산(전주의 고호) 부원군에 봉해지고 전주(全州) 추씨를 본관으로 하게 되었다. 같은 혈통이면서 본관이 추계(秋溪) 추씨(양지의 별호)로 하는 파가 있다. 묘소는 함남 함흥 연화도에 있으며, 향사일은

3월 3일과 9월 9일이다.

추 적(秋適)은 충렬왕 때 문과에 급제해 안동서기에서 직사관을 거쳐 예문관 대제학이 되었다. 《명심보감》을 편술했고, 학문과 문장에 탁월하며, 후학을 양성했다.

추 로(秋蘆)는 중국 문과에 급제해 안찰사를 지내고 임란 때 원병으로 조선에 환국하는 부친(추수경)을 따라와 왜군과 싸워 대승의 공을 세웠다.

추권규(秋權奎)는 고종 때 궁내부주사를 지내고, 1919년 3.1운동 때 만세를 제창하다 5년간의 옥고를 치뤘다.

추씨는 열정적이고 격정적인 성향이 강하다. 대중으로부터 갈채를 받고 싶은 열망이 스스로를 담금질하는 채찍의 역할을 한다. 자칫 교만과 독선으로 보이는 부분도 그 신기 왕한 행위로 인하여 묻혀진다. 밝고 강하며 흡인력이 있는 성씨로 선망의 대상이 되기도 한다. 뜻하는 바가 있으면 즉각 처리해 내는 순발력도 남이 따라올 수 없는 부분이다.

73 도 씨(都氏)

도씨는 문헌에 15본으로 나타나있으나, 3본을 제외하고는 미고이다.

본관은 서제(西齊), 성주(星州), 전주(全州) 도씨가 있다.

성주 도씨(星州 都氏)

시조 도순(都順)의 선세계는 중국 여양 사람이다. 그는 고려 중기에 전리상서를 역임했다. 손자인 도진(都陣)은 고려조에 명경진사로 종부판사에 중직되고 성산(성주의 고호)군에 봉해져, 그의 후손들이 본관을 성주로 하여 이어져 내려오고 있다.

도진(都陣)은 왕건을 도와 고려 건국의 공을 세우고 성산 부원군에 봉해졌다.

도성유(都聖兪)는 정술, 서은원의 문인으로 임란 때 서은원을 따라 의병을 일으켜 군량을 모집했다. 〈오경체용합일도〉와 〈체용각분도〉의 지도를 만들었다.

도경유(都慶兪)는 정술, 서은원의 문인으로 인조 2년 사마시에 합격했고, 1627년 정묘호란 때 세자를 보필하고 난이 평정된 후 의금부 도사, 평양 도윤을 역임했다. 1636년 병자호란이 일어나자 경상도 관찰사 심인의 종사관으로 있다가 쌍령 싸움에서 패한 죄로 유배 도중 사망하였다. 후에 승지에 추서되었다.

도진수(都愼修)는 정술, 서은원의 문인으로 1626년 문과에 급제해 여러 관직을 거치다가 함흥 부사로 선정을 베풀었다. 말년에는 고향에 돌아가 학문에 전념하였다.

대구의 용호서원에서 제향하고 있다.

도씨는 현명하고 고고하다. 정직하지만 냉철한 이성이 지배해 함부로 자신의 행동을 결정하지 않는다. 감수성이 예민하고 의외로 속이 무르나 속내를 단련해 용기없음을 들통나지 않게 하려는 노력이 대단하다. 양심에 거리끼는 일에는 절대로 타협하지 않는 단호함이 있다. 위엄이 있고 냉정해 보여도 다 털어놓고 보면 진실성이 있고 심성이 작한 성씨이다.

74 선 씨(宣氏)

보성 선씨(寶城 宣氏)

시조 선윤사(宣允社)는 중국 노나라 대부 선백(宣伯)의 후손이다.

명나라 때 문연각 학사로 1382년(우왕 8년) 사신으로 고령에 왔다가 귀화하였다. 전라도 안염사가 되어 해안지방에 침입한 도이(島夷)를 격퇴하고 민심을 안정시켰으며, 유교의 발전과 인재 양성에 힘썼다. 그 후 조선이 개국되자 절의를 지키고 보성에 은거해 후손들이 본관을 보성으로 하여 세거하고 있다.

동성동본으로 고려말 예의판서, 우문각 대제학 등을 지내고 조선 개국 후에 보성의 백이산 자락을 중심으로 세거한 선원사(宣元社)를 시조로 하는 한 계통이 있었지만 같은 혈족으로 연대는 미상이나, 현재는 양계 사이에 합본을 하였다고 보여진다.

선거태(宣居怡)는 임란 때 호남 병마절도사 겸 부원사로 각처에서 대승을 거둬 맹산에 승전비가 세워졌다. 정유재란 때 경주에서 순국했다. 오충사, 충렬사, 금곡사 등에서 제향하고 있다.

선여경(宣餘慶)은 무과에 급제해 임란때 선전관으로 대마도를 공격하였으며 평양전에서 순절하여 선무대신에 추서되었다.

선해수(宣海壽)는 무과에 급제해 금부도사를 지냈고, 임란 때 훈련원 관관으로 왜적과 싸우다가 장렬히 전사하였다.

선씨는 평상시에는 온유하고 결단력이 부족하지만, 불의에 대항해서는 오히려 물불을 가리지 않는 과단성이 있다. 매사를 해결할 때 선봉의 역할을 맡기면 탁월한 능력을 발휘하기도 한다. 충실한 면과 현실적인 면이 상호 보완되면 유능한 중간 관리자로서 그 역할이 빛나고 매사 없어서는 안 되는 사람이다.

75 주 씨(周氏)

주씨는 중국 황제 헌원의 후예인 주나라 무왕이 기원 전 1134년 주나라를 세워 통치해 오다가 37대 난왕(赧王, 기원전 314~256)때 진(秦)나라에 망한 후 자손들이 나라 이름에서 주(周)를 따서 주씨 성을 갖게 되었다.

본관은 상주(尙州), 철원(鐵原), 초계(草溪), 안의(安義) 주씨가 있다.

상주 주씨(尙州 周氏)

시조 주이(周㶏)는 786년(신라 원성왕 2년) 사신 일행의 부사로 왔다가 우리나라에 귀화하였다. 그 후 병부령, 상주총관을 지냈기 때문에, 후손들이 그 지방에 세거하면서 본관을 상주로 하여 세계를 계승하고 있다.

철원 주씨의 시조는 주승광(周乘光)이고, 당나라 중종 때 금자광록 대부 문하시중으로 있을 때 우리나라에 왔다.

초계 주씨의 시조 주황(周璜)은 한림학사로 당나라 말기(907년) 오계지란을 피해 동래하여 초계지방에 와서 정착하였다.

안의 주씨의 시조 주서(周瑞)는 상주 주씨의 판서공파 세후(世侯)의 6세손으로 임진왜란 때 안의에 피난해 세거하였다. 서의 아들 언수가 안변 지방으로 가서 살면서 안의를 본관으로 하였다.

경북 상주군 사벌면에 시조 주이의 유적지가 있다.

주시경(周時經)은 한글학자로 1896년 독립협회에 참여하고 협성회를 만들었다. 국어 연구에 힘써 한글의 기사체의 통일, 문법과 맞춤법의 과학적 연구에 일생을 바쳤다. 저서에 《국어문전음학》, 《조선어문법》이 있고, 최남선이 광문회를 창설하자 《국어사전》 편찬을 맡았다.

주씨는 글 속에서 삶의 해답을 찾는다고 해도 부족함이 없는 성씨이다. 수많은 과학적 방법으로 한글의 편찬을 맡은 조상이 바로 앞에 있으니 발복의 근본도 글이나 문관 쪽에서 찾아봄이 어떨까 싶다. 삶의 목표를 사업이나 돈만 버는 데서 찾지 말고, 학문 쪽으로 매진을 해 대업을 이루기 바란다.

76 길 씨(吉氏)

해평 · 선산 길씨(海平 · 善山 吉氏)

길씨의 비조 길당(吉瑭)은 중국 당나라 사람으로 고려 문종 때 우리나라에 귀화한 8학사의 한 사람이다. 그는 고려조에 벼슬이 정당문학에 이르렀으며, 해평(선산)백에 봉해져 후손들이 본관을 해평으로 하게 되었다.

후손인 성균관생 시우(時遇)를 1세로 삼아 세계를 계승하고 있다.

길재(吉再)는 고려 말 문과에 급제하여 창왕 때 문하주서가 되었다. 1400년(정종 1년) 세자방원에 의해 태상박사가 되었지만 거절하고 후진양성에만 몰두했다. 김종직, 조광조 등으로 하여금 학통을 잇게 하였다. 금산의 성곡서원, 선산의 금오서원, 인동의 오산서원에서 제향하고 있다. 저서에 《치은집(治隱集)》이 있다.

길사순(吉師純)은 길재의 아들이다. 세종 때 벼슬을 청하니, 길재는 아들에게 "임금이 신하에게 예를 베푸는 것은 3대(하, 은, 주나라) 이래 드문 일이다. 내가 고려를 섬기듯 너는 조선의 임금을 잘 섬겨라." 하며 아들을 서울로 보내 관직에 나아가게 하였다.

길승단(吉丞丹)은 성균관 진사로 승지에 올랐는데, 세조 2년 왕의 뜻을 거스려 평안북도 영변으로 유배를 당했다. 그래서 후손들이 해평으로 본관을 하다가, 해평이 선산군에 속해지게 되어 선산이라 일컫게 되었다.

길경립(吉慶立)은 무과에 급제해 훈련원 주사로 정묘호란 때 월은봉에서 적을 막았고, 병자호란 때는 중군으로 선전하였으며, 청강의 전투에서도 적을 무찌르는데 공을 세웠다.

길씨는 지혜가 출중하고 사려 깊으며 내공이 높은 조상을 갖고 있다. 평범한 범인이 접근하기에는 고고한 넓은 도량을 가지고 있으므로 상대방으로 하여금 주눅들게 하는 위엄이 있다. 하지만, 한편으로는 호인의 기질이 왕해 터놓고 대작이라도 하면 아주 인간다운 면모가 드러나는 품격이 높은 성씨이다. 타인 속으로 들어가 나를 버리고 환골탈태하는 마음을 가져, 모든 사람들이 좋아하는 성씨로 거듭나기를 바란다.

77 연 씨(延氏)

곡산 연씨(谷山 延氏)

시조 계령(繼苓)은 중국 홍농(弘農) 사람으로 고려 때 동래하여 금자광록대부 문하시랑과 신호위 상장군을 역임했다. 그의 7세손 수창(壽菖)이 중국에서 고려 때 사신으로 와 좌복사가 되었고, 11세손 연주(延柱)가 고려조에 한성부윤을 지냈다. 조선 개국 후 태조가 누차 초치(招致)하였으나 응하지 않다가 후에 승록대부 좌찬성으로 곡산 부원군에 추봉되어 본관을 곡산으로 하여 세계가 이어져 오고 있다.

연충수(延忠秀)는 안음현감 재직시 임란이 나자 의병을 모집하여 많은 전공을 세웠다.

연최적(延最績)은 문과에 급제해 사헌부 감찰이 되었다가 당쟁이 격화되자 사직하였다. 권상하 문하에서 수학해 다시 기용되었다가 기사환국 때 파직되었다. 숙종비 인현왕후 민씨가 장희빈의 무고로 폐서인이 되자 이에 항소하다가 고문 끝에 옥사하였다. 인현왕후 복위 후 충신시문이 세워지고 이조판서 대제학에 추서되었다.

연기우(延其羽)는 1907년 강화진위대부교로 있을 때 지홍윤과 함께 의병을 일으켜 일본군과 싸우고 적성 등 요지에서 수많은 전과를 올렸다. 1909년에는 13도 창의대장 이인영과 합류하여 서울 진격을 감행했으나 양주에서 패했다. 연천, 이천 등지에서 역전하였으나 호남, 지리산에서 항전하다가 마지막 철마산 전투에서 장렬히 전사하였다. 1962년 건국공로훈장이 수여되었다.

연씨는 성정이 부드럽고 유연하다. 남을 이간질 할 줄 모르고 남을 헐뜯는 것도 싫어한다. 내 식대로 남을 대하니 늘상 친구가 많고 인간관계가 좋다. 급하지 않고 느릿함이 자칫 게으르게 보여지기도 하지만, 제 할 일은 다한다. 멍석을 깔아주면 오히려 더 잘 하고 대충하면 흥미를 잃기도 하니, 목표를 설정해 그 격에 맞는 삶을 잘 이끌어 나가길 바란다.

78 표 씨(表氏)

신창 표씨(新昌 表氏)

표씨는 문헌에는 37본으로 나타나 있으나, 현재는 신창 표씨 한 본 뿐이다.

시조 표대박(表大圤)은 오계시대에 후주(後周)의 이부상서로 있다 가 장, 방, 위, 변, 윤, 진, 감, 황보 등 8성을 이끌고 황해를 건너 960 년(광종 11년) 고려에 들어와 귀화하였다.

후손 표인여(表仁呂)를 중시조로 하고, 인여가 고려 충숙왕 때 합 문기후를 지내고 좌리공신으로 신창백에 봉해져 본관을 신창으로 하고 있다.

표연매(表沿沫)는 김종직의 문인으로 1471년 성종때 병과로 급제하 여 공조좌랑이 되었다. 이어 대속관, 사헌 등을 지내고, 1495년(연산 군 1년) 춘추관 편수관이 되어 《성종실록》의 편찬에 참여했다. 이듬해 직제학으로 폐비 윤씨의 사후 복권을 반대하고 대사헌을 지냈다.

김종직을 두둔한다는 것과 소릉(단종의 어머니 현덕왕후릉)에 관한 추모에 대한 내용을 사초에 실었다는 이유로 1498년(연산군 4년) 무오사화 때 경원으로 유배되던 중 죽었다.

당대의 문장가로 유호인(兪好仁) 등과 함께 성종의 총애를 받았다. 함양의 귀천서원, 함창의 임호서원에서 제향하고 있다. 저서에 《남계문집》이 있다.

표 헌(表 憲)은 선조의 어전통사로 명나라 사신을 접견하고 연회를 베풀 때 임기응변적 통역과 조치로 왕의 곤경을 모면하는 일이 많았다. 임란 때 의주에 피신 중인 선조가 명나라로 들어가려고 할 때 이를 간곡히 말리기도 했다. 관직이 지중추부사에 이르렀다.

표씨는 재주가 많다. 유능하고 총명하며 언변도 좋고 늘상 사람 속에서 움직이고 행동하기를 즐긴다. 간혹 혼자 있을 때라도 생각의 초점은 튀는 것에 맞춰져 있다. 남보다 처지거나 열등의식을 갖는 것을 싫어하므로 항상 부지런하고 뭔가를 하고 있다. 인간관계가 좋은 듯이 보여도 폭넓은 대인관계 속에 군중 속의 고독을 가지고 있는 알쏭달쏭한 성향도 있다. 남과는 다르다는 것을 보여주면 발복을 한다는 것을 믿어라.

79 위 씨(魏氏)

장흥 위씨(長興 魏氏)

시조 위경(魏鏡)은 원래 중국 당나라의 홍농 출신으로 신라 선덕여왕이 당나라에 도예지사(道藝之士)를 청했을 때 당나라 태종이 보내준 8학사 중의 한 사람이다. 그는 신라에 들어와 벼슬이 아랑상서 시중에 이르렀으며, 회주(장흥의 고호)군에 봉해져 장흥에 세거하였다.

신라 말 대각관 시중을 지낸 위창주(魏菖珠)를 중시조로 하여 기(起) 1세로 하고 있다.

형조참의 위대용(魏大用)은 임란 때 고경명, 김천익, 임계영 등과 함께 군량조달에 많은 공을 세웠다.

위천우(魏天佑)는 선조 때 문과에 급제 시평, 사령 등을 역임하고 외방으로 나가 경상도, 전라도의 도사를 역임했다. 1592년 임란이 일어나자 김천익과 함께 함양, 개령 등지에서 왜병과 싸워 많은 승리를 거두었다. 다시 노량진 전투에 출전하여 적병을 사살하자 이 순신장군이 칭찬하여 이르기를 "일찌기 홍면비장 위대기만 있는 줄 알았더니, 백면비장 위천우도 있구려" 하며 곧 조정에 계를 올려 통 정대부란 직책을 받게 하였다.

수사 위대기(魏大器)는 임란 때 이순신 장군 휘하에서 옥포, 율포 등에서 왜적을 물리쳐 홍면비(紅面飛) 장군이란 칭호를 듣고, 진산 싸움에서도 대승하여 선무공신에 이르고 충량비가 세워졌다. 석천 사에서 제향하고 있다.

위백규(魏伯珪)는 천문, 지리, 율서, 산수 등에 모두 통달하여 정조 때 옥과현감을 지냈으며, 약관의 나이에 이미 〈역례설〉, 〈역총계몽 〉 등을 깊이 연구해 대학자가 되었다. 저서로는 《역촌계몽》이 있 다. 장흥의 죽천사, 옥천의 옥계사 등에서 제향하고 있다.

위씨는 중국에서는 발복을 한 대 성씨이다. 우리나라에는 8학사 로 왔고 학문과 문예가 뛰어나고 총명한 성씨이다. 학문을 좋아하 고 비판의식이 있어 사간헌이나 중대 결정의 감사역에 잘 어울리는 성씨이다. 함부로 남을 비방하지 않고, 근거와 자료가 있으면 그 부 분에 의존해 일을 처리하는 그야말로 합리적이고 보편타당한 성격 의 소유자로 그 해박함에 막힘이 없다.

80 명 씨(明氏)

서촉 명씨(西蜀 明氏)

시조 옥진(玉珍)은 원나라 말 촉땅에 응거하며 1363년 성도에서 황제가 되고 국호를 대하(大夏)라 하여 선정을 베풀다가 1366년에 죽었다.

아들 승(昇)이 왕위를 계승했으나 당시 새로이 건국한 명나라에게 나라를 빼앗기고, 1372년(공민왕 21년) 고려에 귀화하여 공민왕이 그에게 양현을 주고 송도(松都)에 살게 하였으므로 우리나라 명씨의 연원이 되었다.

조선 개국 후 태조가 예를 갖춰 화촉군에 봉했고, 선조 때 연안으로 이거하였다. 그 후손들은 옥진(玉珍)을 시조로 하고, 그가 황제로 자립했던 서촉을 본관으로 하여 세계하고 있다. 본관을 연안으로 하는 계통도 있으나, 모두가 옥진의 후예이다.

명광계(明光啓)는 선조 때 진사시에 합격하고 병과에 급제하였다. 평택 현감으로 나갔을 때 임란이 일어나자 휘하의 정예병들을 인솔하여 조헌의 의병과 합세해 금산에서 선전하다가 전사하였다.

명완벽(明完璧)은 1861년(철종 12년) 상악원전악에 임명되어 아악사, 국악사로서 아악사장(雅樂師長)이 되었다. 가야금의 명수로서 1921년 서울 공회당에서 연주회를 갖기도 했다.

명이항(明以恒)은 흥사단에 가입해 3·1운동 때 총독에게 장문의 진정서를 내 투옥되었다. 오성학교를 경영하며 협성학교를 인수해 김여식과 함께 광신상업학교를 설립하고 고향에 영변여자중학교를 세우는 등 평생을 교육사업에 바쳤다.

명씨는 나름대로 교육적인 기질이 강한 성씨이다. 순수 학문 보다는 예능, 음악 등 예술 부분에 탁월한 재능이 있다. 한량의 풍모와 풍류적인 기질이 농후해 인간관계에서 화목하고 즐거우면서도 속박을 싫어하는 자유인의 마음을 가지고 있다. 무소유의 마음이 천명과 결합하면 오히려 아주 높은 관을 이끄는 힘이 있다. '다 버리면, 다 얻는다'는 천운의 법칙을 알면 발복할 것이다.

81 기 씨(奇氏)

행주 기씨(幸州 奇氏)

시조 기우성(奇友誠)은 기자 조선의 시조왕 기자(箕子)의 49세손으로 백제 온조왕 때 시중이었다. 기자조선의 마지막 왕인 41대 기준(箕準)이 위만에게 나라를 뺏기자 금마군(현 익산군)으로 내려가 도읍을 정하고, 국호를 마한(馬韓)이라 하였다. 기준의 7세손 기훈(箕勳) 원왕에게 삼형제가 있었는데, 우평은 선우(鮮于)씨, 우성은 기(奇)씨, 우경은 한(韓)씨로 득성하였다.

우성의 후손들은 본관을 행주로 하여 세계를 계승하고 있다.

기씨는 고려조의 명문 벌족으로 윤위, 윤숙이 이장대의 난을 평정하고 여진족의 남침을 막았다. 기탁성(奇卓誠)은 명종조 때 부원사로 조위총의 난을 평정하였다. 조선조에 들어와서도 영상 1명, 문과 급제자 20여명과 기대승 등 쟁쟁한 대학자를 배출하였다.

기대승(奇大升)은 사마시를 거쳐 문과에 을과로 급제하여 사관이 되었다. 요직을 거쳐 1572년 대사헌이 되었다. 어려서부터 재주가 특출하고 32세에 이황(李滉)의 제자가 되면서 새로운 학설들을 제시해 사단칠정(四端七情)을 주제로 논란한 편지는 유명하다. 서예에도 능했다. 사후 덕원군에 추대되고, 이조찬서로 추대되었다. 광주의 월봉서원에서 제향하고 있다.

기효근(奇孝謹)은 선조 때 무과에 급제해 선전관으로 있으면서 왕명으로 각주의 군비를 두루 점검하였다. 임란 때 남해 현령으로 전함과 무기를 수리하고, 경상도 수군절도사 원균을 따라 사천에서 싸워 공을 세워 통정대부가 되었다. 정유재란 때 병으로 남해 현령을 사직하고 고향에 가던 중 적병을 만나 노모와 함께 투신자살 했다. 후에 계백군에 봉해지고 병조판서에 추대되었다.

기씨는 청렴결백하면서도 고고한 성품이 왕족의 후예다운 깊이가 있다. 고려시대 발복을 하였으나, 지금은 많은 후손들이 없어 분야마다 두각을 나타내지는 못하지만 학문적인 연구직이나 지혜가 필요한 요직 등 사려깊고 분별력이 필요한 곳에서 기씨들은 빛이 난다. 일을 양적으로 보다는 질적으로 해결해 꼭 필요한 사람으로 각광받기를 바란다.

82 왕 씨(王氏)

왕씨는 문헌에 15본으로 나와있으나 고려조에 왕족으로 500년간을 부귀와 영화를 누렸던 개성 왕씨(開城王氏)와 근본이 다른 제남 왕씨(濟南王氏)가 있다.

개성 왕씨(開城 王氏)

중국 헌원씨의 17세손 조명(祖明)은 동래하여 평양 일토산하에 정착하였다. 조명의 후손 수극(受棘)은 기자가 왕이 되었을 때 왕(王)씨 성을 사성받았다. 후손 몽(蒙)은 비결에 '일토초가위왕(一土草家爲王)'이라 하여 화가 미칠까 일곱 번째 아들 림(琳)을 데리고 지리산에 은거하였다. 전, 신, 차 등으로 세 번 변성하고 무일이라 개명하였다. 차무일(車無一)의 셋째 아들이 왕식시(王式時)였고, 그의 후손이 고려 태조 왕건(王建)이다.

왕건은 송악군(개성) 사람으로 901년 궁예가 후고구려를 세우고 왕이 되었을 때 그를 도와 시중이 되었다. 918년 궁예를 폐하고 왕건이 고려를 건국하니 삼국을 통일하였다.

하지만 조선이 개국되고 박해를 가하니 각 성씨로 변성하여 혈맥을 이어오다가 정조 때에 이르러 세보를 기록하게 되었다. 원(垣) 동양군을 1세조로 하여 개성을 본관으로 해 세거하여 오고 있다.

제남 왕씨(濟南 王氏)

시조 이문(以文)은 중국 주문왕 때 왕족으로 왕씨라 했다. 그 후손이 산동성 제남으로 이주한 후에도 대대로 장상이 나왔다. 명나라 의종 때 안찰사로 있던 왕접(王楪)이 청에 대항해 싸우다가 부자가 함께 전사하였다. 1645년 청나라 세조가 왕씨를 멸족하고자 왕봉강(王鳳崗)을 심양포로소로 압송할 때 마침 심양관에 볼모로 있던 봉림대군(효종)이 그를 만나보고 서로 뜻이 맞아 북벌대계를 논의하였다. 그 후 그의 자손에게 통정대부 승정원 승지를 추증하고, 후손들이 본관을 제남으로 하여 세계를 이어오고 있다.

왕미(王麞)는 고려가 망하자 왕씨 성을 가진 사람은 이 잡듯 잡아 죽이므로 어머니의 성을 따라 변성하여 충주에 숨어살았다. 어느 날 이웃 아이들과 놀다가 성이 왕씨임이 밝혀져 죽임을 당하게 되었는데, 마침 태종(太宗)의 꿈에 고려 태조가 나타나, "왕씨를 함부로 죽이지 말라!" 호통치므로 이때부터 왕씨 일족이 화를 면하게 되었다.

왕씨는 고려조의 왕족으로 영화와 명멸하는 권력의 쓴맛과 단맛을 다 본 성씨이다. 왕씨들은 이조조에 들어와서는 힘들고 어렵게 연명을 하였지만, 고려 개국의 신기를 본받아 가장 신성을 많이 받들어 모셔야될 성씨라고 본다. 모든 발복에 다 열려있는 성씨이므로 힘내 정진하길 바란다.

83 금 씨(琴氏)

봉화 금씨(奉化 琴氏)

봉화 금씨는 기자와 함께 동래한 금응(琴應)에게서 비롯되나 금용식(琴容式)까지와 금용식의 7세손 금의(琴儀)와 금부(琴傅)를 중시조로 하고 있다.

금의는 고려 명종, 고종조 때 명신으로 문장이 뛰어나 금학사(禁學士)란 별칭을 가졌다. 시관으로 많은 인재를 등용케 했으며, 관직은 평장사에 이르렀다. 묘소는 김포군 봉화산에 있으며, 3월, 9월 중에 향사한다.

금란수(琴蘭秀)는 이퇴계의 문인이었다. 1561년 사마시에 합격해 상록원 사평을 지내고 낙향하여 임란 때 고향에서 의병을 일으켰다. 그 뒤 성주 판관에 임명되었으나, 사양하고 학문에만 전념하였다.

금응협(琴應夾)은 이퇴계의 문인이었다. 명종 때 진사시에 합격해 왕자사전, 익찬 등에 임명되었으나 모두 사퇴하고, 고향에서 학문 연구와 후진 양성에 힘썼다.

조선조 때 문예와 학문이 뛰어난 학자였던 금시양(琴是養)이 있다. 시인으로 금오(琴悟)가 있다.

금씨는 아름답고 청아한 심상을 갖고 있다. 강인한 열정과 낭만과 환상적 성향이 인간보다는 천상의 천사와 같은 성향이 있지 않나 싶다. 비현실적이고 삶에 탁기가 흐르지 않는 부분이 오히려 남들과 차별화되어 고급스러운 삶을 사는 여건이 되기도 한다. 삶은 항상 잘 먹고 잘 살아야만 된다거나, 반대로 타인과의 경쟁 속에서 힘겹게 살아야만 될 필요는 없다. 금씨 성을 갖은 사람들은 자신이 원하는 한 가지 일에 지극 정성을 다해 매진하기를 당부한다.

84 옥 씨(玉氏)

의령 옥씨(宜寧 玉氏)

시조 옥진서(玉眞瑞)는 원래 당나라 사람인데 고구려의 요청으로 당나라에서 파견된 8학사 중 한 사람이다. 우리나라에 와서 국학의 교수가 되어 의춘(의령)군에 봉해졌다.

후손들이 의령에 세거하면서 그 연원을 이루었다. 영남, 해서, 관서 지방에 산거하면서 계파가 형성되었다.

옥은종(玉恩宗)을 1세조로 하여 본관을 의령으로 하여 세계를 계승하고 있나.

옥고(玉沽)는 정종 때 병과로 급제해 집현전 학사, 정언, 교리 등을 역임했다.

학문이 박학하고 청렴결백하여 당시 사림에서 명망이 높았다. 안동의 묵계서원에서 제향하고 있다.

고려조 때 관직을 한 사람은 옥은종(玉恩宗), 옥사미(玉斯美) 등이 있다.

조선조 때는 병조좌랑 옥진휘(玉晉輝), 성균관 박사 옥동규(玉東奎)가 있다.

옥씨는 섬세하고 부드럽고 예민하다. 상상력이 풍부하고 마음이 따뜻하고 늘상 재치가 있으며 사려깊다. 양보심이 뛰어나 나보다는 남을 배려하고 보살핌이 은연중에 몸에 배어있으며 인정이 많다. 깔끔하고 상큼한 외모와 타인에게 어필하는 행동은 늘상 호감의 대상이 되기도 한다. 그러나 알맹이가 없는 겉핥기식 대인관계를 정리하고, 하나를 건지더라도 내실있는 인간관계가 요구된다.

85 육 씨(陸氏)

옥천 육씨(沃川 陸氏)

시조 육보(陸普)는 중국 절강소흥부 사람으로 927년(신라 경순왕 1년)에 홍은설(洪慇設), 정간(鄭襴)과 함께 당나라의 선교사로 신라에 들어와 문학을 전파하였다. 그 중 육보가 문장이 뛰어나고 선교의 공이 커 경순왕이 그를 총애해 부마로 삼고, 관성(옥천의 고호)군에 봉했다.

후손 중 고려 때 주부를 지낸 육인단(陸仁端)을 중시조로 하여 기1세하고, 옥천을 본관으로 하여 세계를 계승하고 있다.

육거원(陸巨遠)은 고려 말엽에 중랑장을 지냈다. 아들 5형제가 모두 문과에 급제를 하였고, 그도 관성군에 봉해졌다.

육려(陸麗)는 고려 말엽 도순찰사로 왜적을 격퇴한 공으로 경주에 공덕비가 세워졌다. 공양왕 때 불교를 배척하는 상소를 올렸고, 조선이 개국되자 절개를 지켜 벼슬을 사양하고 공주에 은거하였다.

이조 때 대장군으로 육명산(陸命山), 도승지 육대춘(陸大春)이 있다.

동지중추부사를 역임한 육제연(陸薺衍), 육병규(陸炳奎)가 있고, 병조참의 육상은(陸相殷) 등이 있었다.

육씨는 관직이 왕한 성씨이다. 풍채가 있고 성정의 단아함과 고귀함이 타인의 모범이 되는 대인적 풍모가 있다. 당당한 위엄과 대중을 이끄는 힘이 강인한 생명력이 있다. 진실되고 허례허식이 없으니 가식없는 봉사와 희생정신이 투철하다. 사명감이 있으면 더 삶이 윤택해짐을 믿고, 발복의 근원으로 삼기를 바란다.

86 인 씨(印氏)

교동 인씨(喬桐 印氏)

인단(印段)의 후손 인서(印瑞)는 진나라 풍익대부로서 300년(신라 기임왕 3년) 신라에 사신으로 와서 정착하여 벼슬이 아손에 이르고 교동백에 봉해졌으며, 후손 인빈(印邠)이 교수(교동의 별호) 부원군에 봉해져 본관을 교동으로 하게 됐다.

고려조에 병마사를 지냈던 인당(印璫)을 1세조로 하여 세계가 내려오고 있다. 인당의 묘소는 개성시에 있다.

인당(印璫)은 고려 충혜왕부터 공민왕에 이르기까지 4대 왕조에 걸쳐 문과대언, 참지정사, 만호, 보위사 등 요직을 두루 역임한 공신이다. 1345년 밀직사가 되고 서남면령 만호로서 삼목도에 침입한 왜적을 서강(西江)에서 퇴치하였다. 내란 중인 원나라에도 원군으로 파견되었다가 이듬해 원군을 따라 홍건적을 격퇴했다. 이후 원나라

황제가 국경을 침입했다며 80만대군으로 문책하겠다고 위협하자 모든 책임을 지고 사죄로서 사형을 당했다.

인원보(印元寶)는 1379년 서북도체찰사를 역임하였다. 이성계가 위화도 회군을 할 때 밀직사로서 이후 최영의 당에 연루되어 함창에 유배되어 유배지에서 죽었다.

인발(印潑)은 선략장군으로 임란 때 세운 공으로 2등 공신이 되었고, 병자호란 때 남한산성 전투에서 장렬히 전사하였다.

인씨는 영리하고 활력이 넘치고 친화적이다. 사교적이면서도 자신의 이득이나 이권에는 매서움이 있다. 사회생활에서 낙천적인 성향이 오늘 할 일을 내일로 미룬다고 하여도 그리 큰 일이 날 것 같지 않다는 생각을 하여 낭패를 당하기도 한다. 하지만, 매사 성실하고 하나하나 실타래를 풀어가는 총기가 있어 결국엔 발복을 하여 잘 사는 사람이 많다.

87 맹 씨(孟氏)

신창 맹씨(新昌 孟氏)

맹씨는 맹자(孟子)의 후예이다. 맹자의 50세손 맹우현(孟尤鉉)이 고려 원종 때 국자감을 지냈다. 그의 셋째 아들 맹리(孟理)가 시중을 지내고 신창백에 봉해져 시조를 맹리로 1세조로 하고, 본관을 신창으로 하여 계대하고 있다. 향사일은 음력 10월 1일이다.

맹사성(孟思誠)은 1386년 문과에 급제해 조선이 개국되자 형조참의 예문관 직제학 등 요직을 두루 거치고 명나라에 다녀와서는 한성 부윤이 되었나. 그 후 예소, 호소, 공조의 판서를 거쳐 분신으로 최초의 삼군도진무(三軍都鎭撫)가 되었다. 1430년《태종실록》을 감수하고 좌의정에 올라 영춘추관사를 겸임해 1431년《팔도지리지》를 편찬하였다.

조선 초기 문화 발전에 공이 지대하며 시문, 음율에 능하고 청백리로 추증되어 효자시문이 세워지는 등 아산의 세덕사에서 제향하고 있다.

맹만시(孟萬始)는 1673년 현종 때 진사를 거쳐 군수를 역임했다. 서화에 뛰어났고 특히 소(牛)를 잘 그렸다.

맹만택(孟萬澤)은 송시열의 문인으로 현종의 딸 명선공주와 약혼했다가 공주가 죽자 신안위에 봉해졌다. 1684년 사마시에 합격하고 문과에 급제해 여러 요직을 거쳐서 사헌, 황해도 관찰사 등을 역임했다. 지리와 서도에 능통했다.

맹씨는 탁월한 지략과 넓은 안목, 대국적인 기질 등 스케일이 남과 다른 면이 있다. 고집도 세고 자긍심도 강해 본인이 옳다고 보는 부분은 끝까지 밀고 나가는 뚝심이 있다. 추진력이나 일을 처리하는 능력이 출중하다. 관록과 재물 부분에서도 조상의 눈높이만 맞춰주면 발복하기 쉬운 성씨이다.

88 탁 씨(卓氏)

광산 탁씨(光山 卓氏)

탁씨는 문헌에 32본으로 나타나있으나, 현재 광산 탁씨 단일본으로 하고 있다.

시조 탁지엽(卓之葉)은 고려 선종 때 한림학사를 거쳐 태사에 이르고 광산(광주)군에 봉해졌다. 그 후 후손들이 본관을 광산으로 하여 세거하고 있다. 묘소는 전남 광주시 지산동에 있다.

탁사정(卓思政)은 중랑장을 지내고 1009년 강조의 난에 가담했으며, 1010년 거란군이 침입할 때 동북군순검사가 되어 적군 3천명을 살해하는 큰 전공을 세웠다.

탁광무(卓光茂)는 시조 탁지엽의 8세손으로 1331년 문과에 급제해 공민왕 때 예의판서에 이르렀다. 문장으로 이름이 높았으며 오계사에서 제향하고 있다.

탁신(卓愼)은 효행으로 천거되어 용담현령, 좌정언 등을 거쳐 집의가 되었으나 설화로 유배됐다. 다시 성균관 사성 등 태종 때 이조참판, 예문각 제학을 지내고 의정부 참찬에 올랐다. 경학, 무예, 음율에 능했다. 성주 오계사에서 제향하고 있다.

탁씨는 결단성이 있고, 그 확고함이 완고해 벽과 같은 느낌을 주기도 하는 성씨이다. 내 분야가 아니면 다른 분야에는 관심이 없고 참견을 싫어한다. 두뇌가 명석하여 필요한 파일을 요소요소마다 원할 때만 끄집어내서 쓰는, 그야말로 합리적이고 서구적인 사고방식을 가지고 있다. 주식이나 증권 등 흐름을 판단하는 곳에서는 그 역량을 십분 발휘하기도 한다.

 89 남궁 씨(南宮 氏)

함열 남궁 씨(咸悅 南宮 氏)

남궁 씨는 원래 중국 주나라 문왕 때 남궁 자(南宮 子)의 후예로 고조선 시대에 남궁 씨가 우리나라에 들어와 세거하였다. 991년(고려 성종 10년) 남궁 원청(南宮 元淸)이 평장사로 여진족을 백두산 이북까지 몰아낸 공으로 감물아(함열의 고호)백에 봉해져, 그 후손들이 본관을 함열로 하게 되었다. 그 후 후손인 득희(得禧)를 1세조로 하여 계승하고 있다. 시조의 묘소는 충남 보령군 청라면에 있다.

남궁 침(南宮 枕)은 1540년 병과에 급제 〈중종실록〉 편찬에 참여하였다. 직제학, 우부승지 등을 거쳐 동지 중추부사가 되었다. 형조참판, 함경도 관찰사 등 두루 요직을 겸했다.

남궁 옥(南宮 鈺)은 1652년 병과에 급제해 직책이 군기사정에 이르렀다. 문장과 글씨, 그림이 모두 뛰어났고 특히 속필로 유명했으며,

7차례에 걸쳐 군현을 다스리는 동안 청백리로 이름이 높았다.

남궁 억(南宮 檍)은 구한말 독립운동가로 고종 때 영어학교에서 수학 내부주사가 되고, 이듬해 전권대사가 되어 조민희의 수행원으로 상해에 다녀왔다. 1898년 황성신문사 사장이 되고 현산학교를 설립하였으며, 1908년 〈교육일보〉를 간행했다. 이후 배화학당 교사로 《가정교육》등 교과서를 지었다. 무궁화와 역사사건으로 투옥되었다. 저서로《동사략》,《조선 이야기》가 있다.

남궁 씨는 외자가 아닌 두 자의 성씨 중에는 꽤나 이름이 알려진 성씨이다. 화려하고 나서길 좋아하는 성향에 모험심이 강하고 충동적인 부분도 있지만 사고를 치는 성격은 아니다. 환상적인 것을 선호하고 외모가 특출한 사람이 많다. 야망이 있으면 대담하게 쟁취해나가는 힘을 길러라. 지고 이기는 승부 근성에서 우월한 성씨이니, 성공을 위해서는 인간군상들 속에 들어가 게임에서 이겨 승자가 되기를 바란다.

90 모씨(牟氏)

함평 모씨(咸平 牟氏)

시조 경(慶)은 중국 관서 홍농 사람으로 송나라 흠종 때 이부상서를 지내고 대사마 대장군에 올랐다. 1126년(고려 인종 4년) 이자겸의 난이 일어나자 사신으로 고려에 와서 난을 평정하는 데 공을 세워 일등공신으로 서훈되었으며 평장사가 되었다. 모평(함평의 고호)군에 봉해져 후손들이 본관을 함평이라 하였다.

모유추(牟有秋)는 송동춘의 문인으로 숙종 때 찰방을 거쳐 현감, 병마절제도위 등을 역임했다. 덕천사에서 제향하고 있다.

모일성(牟一成)은 임창계의 문인이다. 1705년 무과에 급제해 현감을 지냈고, 도위로 언양에 있을 때 장촌 연못에 천년 묵은 구렁이가 출몰하여 괴이한 장난을 일삼아 피해가 많았는데 이를 퇴치하자, 백성들이 송덕비를 세워 주었다.

모수명(牟受明)은 서예가로서 명성이 자자했다.

모씨는 바지런하다. 다람쥐 쳇바퀴 도는 일도 아무나 할 수가 있는 것이 아니다. 내가 아는 모씨들은 열심히 일하고 노력하고 행동하며 거저 놀고 먹는 사람들이 없다. 항상 긍정적이고 현실의 나와 남과의 관계 설정이 분명하다. 근본적으로 나쁜 성정을 가진 사람이 없으니, 그저 열심히 현생을 살다가는 부분에서는 점수를 과하게 주어도 아깝지 않은 성씨이다.

91 국 씨(鞠氏)

담양 국씨(潭陽 鞠氏)

시조 국양(鞠樑)은 원래 중국의 송나라 출신으로 우리나라에 들어온 연대는 상고할 수 없다. 국양이 고려조에 벼슬이 병부상서에 이르렀고, 담양에 거주하면서 본관을 담양으로 하여 그 세계가 이어오고 있다.

후손 국무(鞠珷)는 태조 이성계가 개국하자 두 아우 성(珹)과 황(瑝)을 데리고 담양으로 퇴거하여 고려 정종이 불러도 나아가지 않고 고려의 충절을 지켰다.

국경례(鞠經禮)는 1451년 문과에 급제해 세조 때 사헌으로 왕의 난정을 직언하고 은퇴하였다. 그 후 세조가 여러번 대사헌으로 임명하고 불렀으나 고사하였다.

국함(鞠涵)은 정경세의 문인으로 1613년 광해군 때 진사시에 합격하였다. 효성이 지극했고 우애가 뛰어났으며 문명(文名)이 있었다. 완주의 반곡사에서 제향하고, 문집 2권이 있다.

국침(鞠沉)은 형 국함과 함께 생원시에 합격했으나, 벼슬에 뜻을 두지 않고 학문에만 전념하였다. 완주의 반곡사에서 제향을 하고 있다.

국씨는 도인의 정신이 왕하다. 현실 보다는 신이나 종교에 심취하는 사람들이 많다. 현실감이 떨어져 자칫 곤궁하게 살 수도 있다. 현실에 개의치 않는 무욕의 마음이 착하게만 보여 배우자 입장에서는 안타까울 수도 있다. 자연과 더불어 살고, 험난한 일만 아니면 무난하게 잘 해내므로 스스로 흥미를 느낄 수 있는 일에 전념하면 발복할 것이다.

92 편 씨(片氏)

절강 편씨(浙江 片氏)

시조 편갈송(片碣頌)의 고조 이지(李址)가 명조의 한림원 학사일 때 영종이 궁인 원(袁) 씨를 황후로 맞이하려 하자 반대하다가 하옥됐으나 뜻을 끝까지 굽히지 않자, 왕이 '일편단심(一片丹心)'이란 편(片) 자를 성으로 내렸다.

1592년 임진왜란이 일어나자 어양총절사로 있던 편갈송이 원군이 되어서 왔다가 환국하지 않고 정착하여 우리나라 편씨가 시작되었다. 그 후 경주에 은거하며 세 아들 풍세(豊世), 풍원(豊源), 산보(山甫)가 함께 와서 경주, 나주, 만경에 세거하였다. 후손들이 절강을 본관으로 하여 세계를 이어오고 있다.

편풍세는 명나라에서 재상을 하다가 우리나라에 원군으로 나온 아버지가 혁혁한 공을 세우고도 간신의 모함으로 귀국하지 않는다는 소리를 듣고 두 아우와 함께 우리나라에 건너와 아버지를 지극 봉양하였다. 부친상을 당해 3년간을 여막에서 시묘하니 세상 사람들이 그 효성에 경탄해 절효선생(節孝先生)이라 일컬었다. 시묘를 마친 후 나주에서 세거지를 마련하였다.

편호익(片鎬翊)은 아버지 홍기의 "너희들이 중국에 들어가 편씨성의 세계를 자세히 알아서 전해 주면 여한이 없겠다."는 유언을 받들어 아들 병렬을 시켜 2년간 자료를 모아 《갑진 대동보》를 편간하였다.

편강렬(片康烈)은 1905년 을사조약으로 전국에서 의병이 봉기하자 영남의 의병장 이강위의 휘하에 들어가 선봉장이 되었다. 전국의 의병이 서울로 진격할 때 부상을 당해 고향 연백으로 갔다. 1910년 평양에서 숭실학교에 입학하고, 이듬해 105인 사건과 관련해 3년간 복역했다. 1919년 3.1운동이 일어나자 황해도 일대에서 독립운동을 지휘해 투옥되었고, 만주로 망명해 장춘에 있는 일본 병원을 습격하는 등 투옥을 수차례 당하다가 옥고로 병사하고 말았다.

편씨는 강한 의지와 배타적 성향과 기개가 타인과는 다르다. 일편단심이라는 말처럼 변심이나 변절에 대한 부분은 용납을 못하는 꿋꿋함이 있다. 스스로에게도 엄격해 조건이나 유혹 때문에 자신을 팔아먹는 행위는 하지 않는다. 정의롭고 깔끔하지만 간혹 설화를 입기도 한다. 지나치면 중용만 못하다는 말을 명심하여 살면 발복하기가 쉬워질 것이다.

93 황보 씨(皇甫 氏)

영천 황보 씨(永川 皇甫 氏)

황보 씨는 원조 황보 경(皇甫 鏡)의 후손인 금강성 장군 황보 능장(皇甫 能長)이 영천 부원군에 봉해져 그를 시조로 하고 본관을 영천이라 하였다. 황보 안(皇甫 安)을 1세조로 하여 세대가 이어져 오고 있다. 묘소는 경북 영천군 고경면에 있다.

황보 항(皇甫 抗)은 고려 명종 때 이인로, 오세재, 임춘, 함순, 이담지, 조통 등과 함께 시와 술로서 세상을 바라보니, 중국의 강좌 7현(江左 七賢)에 비헤졌디.

황보 기(皇甫 琦)는 1245년 대장군으로 사신이 되어 신안공을 따라 몽고에 다녀왔다. 후에 문하시랑 평장사에 이르렀다.

황보 인(皇甫 仁)은 1414년(태종 14년) 문과에 급제하고, 세종 때 요직을 두루 거쳐 평안, 함경도 관찰사가 된 뒤, 절제사 김종서와 함께

6진을 개척했다. 그후 좌우찬성을 거쳐 1452년(문종 2년) 영의정이 되어 단종을 보필하다가, 1453년(단종 1년) 계유정란 때 수양대군에게 살해되었다. 두 아들, 손자도 화를 입었다. 묘소는 경북 영천군 고경면에 있다.

영천의 임고(臨皐)서원, 종성의 행영사에서 제향하고 있다.

황보 씨는 남궁 씨와 함께 나름대로 유명한 성씨로 자리를 잡았다. 재주가 특출하고 적극적이면서도 성정이 착해 타인들이 좋아하는 심상을 가진 후손이 많다. 풍부한 유머와 재치는 늘상 남의 이목을 집중시키고 사람을 포용하는 매력이 있다. 천지난만해 보이기도 하지만 의외로 자존심이 강해 속으로 상처를 입기도 하는 내성적인 면이 있다. 특수 분야에 재능을 인정받는 전문직에 종사하길 바란다.

94 태 씨(太氏)

문헌에는 20본으로 나타나있으나, 영순(永順), 남원(南原), 협계(陝溪) 태씨 세 개의 본관이 남아 있다.

영순 태씨(永順 太氏)

시조 태금룡(太金龍)은 발해국 진왕의 원손으로, 고려 고종 때 김교에서 몽고군을 격파하고 전승한 공으로 대장군에 오르고 영순(상주의 고호)군에 봉해졌다. 후손들이 본관을 영순으로 하여 이어져 오고 있다.

협계 태씨(陝溪 太氏)

시조 태중상(太仲象)은 천문, 지리, 병법에 능통하였다. 696년 고구려의 유민을 이끌고 요수(遼水)를 건너서 태백산 동쪽에 진국(震國)

을 건설하였다. 그 후 10세손 태광현이 발해가 망한 뒤 934년 고려에 망명하니 태조가 예우하여 태씨 성을 하사하였다. 18세손 태집성은 몽고군의 침입을 격퇴해 협계군에 봉해졌다.

태구운(太九運)은 칼을 잘 만들어 임란 때 이순신과 그의 조방장 신호, 박종남 등의 환도를 동료 언복과 만들었다. 이순신 장군의 장검 두 자루는 충남 아산군 현충사에 보존되어있다.

남원 태씨는 협계 태씨의 분파이다. 태집성(太集成)의 9세손 시조 태맹례(太孟禮)가 단종 때 화를 입어 함북 길주로 유배되었는데, 후손들이 그곳에서 세거하며 조상의 본향인 남원을 본관으로 쓰고 있다.

태두남(太斗南)은 1513년 생원, 진사 양시에 합격하고, 같은 해 문과에 급제하여 형조좌랑 등을 역임했다. 1536년 춘추관 편수관을 겸임 뒤에 성주 목사를 지냈다. 시문에 능통했으며, 옥천서원에서 제향하고 있다.

태씨들은 씩씩하고 남성다운 기개가 있다. 변화와 변모를 좋아하고 독립 투쟁심이 강하다. 나 아니면 안 된다는 자긍심도 세고, 정열적이며 직선적이다. 하지만, 타인의 심상을 잘 헤아려 남의 가슴에 상처를 남기는 말을 했다 하더라도 뒤를 풀어주는 배려심은 성정이 착함을 증거하는 행동이다. 무뚝뚝하고 애교가 없어 간혹 오해를 사기도 하지만 속은 그렇지 않다는 것을, 한 번 쯤은 남들에게 이해를 구하는 친절함이 필요하다.

95 피 씨(皮氏)

피씨는 문헌에 30본으로 나타나있으나, 홍천 피씨(洪川 皮氏)와 괴산 피씨(槐山 皮氏) 2본 외에는 미고이다.

홍천 피씨(洪川 皮氏)

피씨는 중국 주나라 때 경사(卿士)인 번중피(樊仲皮)의 제일 아래 글자인 피(皮) 자를 따서 성을 삼았다 한다. 그 후 고려 충렬왕 때 원나라에서 금오위상장을 역임한 피위종(皮謂宗)을 시조로 한다. 그는 귀화하여 병부시랑을 역임하고 좌사의내부에 추내뇌었나. 그의 아들 피인선(皮寅善)이 좌복사를 지내고 홍천군에 봉해져, 후손들이 홍천을 본관으로 하여 세계를 계승하고 있다.

고려조 때 직학사 피맹인(皮孟仁), 한림학사 피원휴(皮元休)가 있다.

조선조 때 사성 피영기(皮永基), 참의 피연길(皮然吉) 등이 있다.

괴산 피씨(槐山 皮氏)

시조는 피득창(皮得昌)이다. 괴산 피씨는 홍천 피씨에서 분적되어 피득창 이전의 세계는 같다. 그는 조선 개국 공신으로 병조판서, 전라감사를 역임하고 괴산에 세거하니, 후손들이 괴산을 본관으로 하여 이어져 오고 있다.

조선조 때 판서 피홍군(皮洪君), 통정대부 피종남(皮宗南)이 있다.

판관 피세만(被世萬)과 효자 피운손(皮雲遜) 등이 있다.

피씨 중에는 작고한 피천득 시인이 현대에서는 가장 오래 그 필명을 떨치지 않았나 싶다. 피씨는 예리한 관찰력과 풍부한 상상력이 어우러져 시나 글을 쓰는 재능이 남다른 성씨라고 보여진다. 번뇌와 고독 조차도 아름다운 심상을 한 번 거쳐 나오면 주옥같은 글이 된다. 재능과 재주를 맘껏 펼쳐 혼자만의 세계가 아닌 다중의 세계에서 명성을 갖고 공든 탑을 쌓기 바란다.

96 온 씨(溫氏)

봉성 온씨(鳳城 溫氏)

중국 당나라와 진나라를 통합한 숙우(叔虞)의 12세손 소후(昭侯)가 아우 수(帥)를 온에 봉하니, 국호를 온(溫)이라 하고 도읍을 평원에 정하여 국명을 따라 성으로 삼은 것이 온씨 성의 연원이다.

고구려 평원왕 때 온달(溫達)이 평강공주(平岡公主)와 혼인하여 부마가 되고 그때부터 온씨 성이 이어져 내려왔다. 후손 중에 선(善)과 신(信) 형제가 있었다. 선은 예의판서를 지내고, 신은 우부시랑으로 공민왕 15년에 신돈(辛旽)의 전횡을 탄핵했다가 봉성으로 폐출되어 그곳에 세거하므로, 본관을 봉성으로 하였다. 온씨는 온달을 도시조로 하여 세계가 이어져 오고 있다.

온신(溫信)은 고려 공민왕 때 좌부시랑을 지냈으며, 1366년 이존오, 정추와 함께 신돈의 전횡을 탄핵하다 왕의 노여움을 사서 처형

당하게 되었으나, 이색의 도움으로 모면하고 봉성으로 퇴출되었다.

온효진(溫孝珍)은 1547년 정미사화 때 연경으로 피신하였으나, 13년만에 북청으로 돌아와 세거하였으므로 청주파의 시조가 되었다.

온성하(溫聖河)는 구한말 사회사업가였다. 숭조애족(崇祖愛族)의 사상이 투철하여 사현서원을 창건하고 조상을 숭배케 하였다. 또한 금구(金溝)에 수리시설이 없어 가뭄이 들면 피해가 많으므로 금만저수지를 만들어 주는 등 덕을 행하니 몽리민(蒙利民)들이 송덕비를 세워주었다.

온씨는 온달의 후예라면 분명 우직하고 충직하고 선덕을 베푸는 심상을 소유한 성씨이다. 사리사욕을 모르고 분주히 움직여도 동서남북에 널린 것이 다 해야 될 일이니, 한눈 팔지 말고 매진을 하다보면 성공의 고지가 보이는 신기 왕한 성씨이다. 인연 줄기를 잘 잡아서 귀인이나 배우자나 서로가 상호보완을 하다보면 발복이 되고, 힘든 삶도 결국에는 보람있는 삶으로 이끌어가는 힘이 있는 성씨이다.

97 은 씨(殷氏)

행주 은씨(幸州 殷氏)

시조 홍열(洪悅)은 원래 당나라 사람으로 신라 문성왕 때 8학사의 한 사람으로 신라에 들어와 예악을 가르치고 벼슬이 삼한벽상공신, 태자태사를 거쳐 보문각 대제학에 이르렀다.

그의 선조가 당나라 학사로서 동래하여 경기도 고양군 덕양(행주)에 정착하여 세거하면서 홍열을 1세로 하고 본관을 행주라 하였다. 그 후 세계는 실전되고, 고려 고종 때 문림랑을 지낸 윤보(允保)를 숭시조로 하여 이어져 내려오고 있다.

은 상(殷 相)은 649년 백제의 좌평으로 정병 7천을 이끌고 신라의 7성을 공략하였으나, 신라장군 김유신 등의 역공을 받고 도장성 싸움에서 전사하였다.

은 정(殷 鼎)은 1071년(문종 25년) 시중에 이르고 학문이 뛰어나 사숙(私塾)을 세워 후진을 양성했다. 이가 문충공사(文忠公徙)로 12사(12徙)의 하나이다.

조선조 때 학자로 은정화(殷鼎和), 은성호(殷成浩)가 있다.

은씨는 맑고 깨끗하다. 마음이 학자나 선비의 면모로 말수가 별로 없고 늘상 행동보다는 뜻에 의미를 두니 넉넉한 심상이 과욕을 부리지 않는다. 현재도 재물이 많거나 잘사는 은씨들은 요즘 사람답지 않은 차분함이 있다. 천한 생각이나 행동은 어울리지도 않고 하지도 않았던 조상들의 음덕이 있었다 싶다. 부화뇌동하지 않으니 강력한 신들의 도우심이 있을 때는 발복할 것이다.

 ## 98 제갈 씨(諸葛 氏)

남양 제갈 씨(南陽 諸葛 氏)

시조 제갈 규(諸葛 珪)는 충무후(忠武侯) 제갈 량(諸葛 亮)의 아버지
이다. 그의 5세손 충(忠)이 우리나라에 망명하여 지리산 아래에 정
착하였고, 후손들이 중국 원향인 남양을 본관으로 하였다.

제갈 규의 원손 제갈 공순(諸葛 公巡)이 우리나라에 귀화하여 토착
하였다고 하며, 고려 현종 때 제(諸)씨와 갈(葛)씨로 분종했다가 구한
말 성씨 환원운동으로 일부가 제갈 씨로 복원했다는 두 가지 설이
있다.

제갈 윤신(諸葛 允信)은 구한말 의병장이다. 군에 복무 중 1907년
군대가 해산되자 의병장 연기우의 부장이 되어 전공을 세웠다.
1910년 의병대장으로 현청농, 김공선과 협의해 세금 수송 일자를
알아 세무관리와 일본 기마병을 사살했다.

그 후 철원, 평강 등지에서 일본군과 교전하다가 목전면 산성곡에서 일본군의 야습으로 전사하였다.

제갈 씨는 중국의 성씨로 제갈 공명은 불세출의 삼국지의 영웅이다. 지략이나 미래를 꿰뚫는 혜안은 타의 추종을 불허한다. 제갈 씨는 현재는 많지도 않고 득세하지도 못해 미미하지만 그래도 제갈 씨 성을 가지고 태어난 후손들은 그 명성만으로도 발복을 하고자 하는 욕망을 강력하게 갖기 바란다. 독특하고 위대한 조상을 가지고 있으므로 믿고 의지하면 크게 일어날 것이다.

99 선우 씨(鮮于 氏)

태원 선우 씨(太原 鮮于 氏)

기자가 기자조선을 세우고 그의 맏아들 송(松)이 2대 장혜왕으로 즉위하면서 아우 중(仲)을 우산국(于山國)에 봉해 나라를 세우게 하니, 조선과 우산국의 자손이 선(鮮) 자와 우(于) 자를 취하여 선우라고 성을 삼고 본관을 태원으로 하였다.

그 뒤 41대왕 애왕(哀王) 준이 위만에 나라를 빼앗기고 남천하여 금산군(현 익산)에 마한을 세웠는데, 10대 계왕(稽王)에 이르러 백제에 나라를 빼앗겼다. 그때 원왕(元王)에게 3형제가 있었는데, 그 중 양(諒)이 용강에 황룡국(黃龍國)을 세우고 왕으로 즉위하여 선우 씨의 세계를 이어갔다. 하나는 청주 한씨, 하나는 행주 기씨가 되었다.

양의 10세손 병(柄)에 이르러 고구려에게 나라를 빼앗기고 서민으로 선우 씨의 세계를 이어오고, 원손으로 고려 문종 때 중서주서를 지낸 정(靖)을 1세조로 하여 내려오고 있다.

선우 협(鮮于 浹)은 김태좌로부터 시, 서, 역, 춘추를 배우고 김집 등에게 도를 물었으며, 용악산에 들어가 후진을 가르쳤다. 관서부 자(關西夫子)라 일컬어졌던 그의 저서에는 《돈암전집》이 있다.

선우 혁(鮮于 爀)은 1911년 105인 사건과 관련되어 윤치형, 양기택 등과 함께 체포되어 7년 형을 선고받았다. 그 후 상해로 망명하여 김구, 여운형, 이광수 등과 신한청년당을 조직하고 임시의정원 의원 을 역임했다. 대한민국 건국 공로 훈장이 수여되었다.

선우 씨도 두 자 성씨 중에는 유명 성씨이다. 현재에 이르러서는 예능이나 연예 부분에 종사하는 사람들이 있어 그 성씨가 불려지는 경우가 많다. 절약정신과 인정이 타인보다는 월등하고 용모가 단정 하다. 중년 이후에 발복이 잘되는 것도 그동안 일관되게 행동하여 쌓 아온 공덕 때문이니, 한 우물을 파는 심오함이 요구되는 성씨이다.

100 독고 씨(獨孤 氏)

남원 독고 씨(南原 獨孤 氏)

시조 신(信)의 선세계는 고려 중엽에 중국 하남에서 우리나라에 들어온 8학사 중 한 사람으로 독고 공순(獨孤 公舜)이다. 그의 손자 향(香)이 고려 충숙왕 때 원나라에 가서 공주를 호위한 공으로 남원군에 봉해지고, 후손 신(信)이 명망 있는 학자로 남원군에 봉해져, 남원을 본관으로 하여 세계가 이어져 오고 있다. 시조의 묘소는 평북 의주군에 있다.

독고 립(獨孤 立)은 국자감 판관으로 1627년 정묘호란 때 의수산성을 지키던 중 적의 야습을 만나, 아버지 독고행(獨孤 行), 동생 독고 성(獨孤 成), 아들 독고 수(獨孤 睟)와 함께 전사하였다. 호조 참의에 추증되고 의주 귀암사(龜巖祠)에서 제향하고 있다.

독고 성(獨孤 成)은 임란때 전공을 세웠고 정묘호란 때 김경복과 함께 의주의 문고를 사수했는데, 성이 몰락되면서 아버지와 형이 모두 살해되자 적진에 뛰어들어 수십명을 살해하고 전사하였다. 병조 참의에 추서되고, 의주 귀암사에서 제향하고 있다.

독고 씨는 8학사 중의 한 사람이니 문명이나 학문 분야에서는 타의 추종을 불허하는 깊이가 있는 성씨이다. 박애주의적 사상이 있고 살신성인의 마음까지 겸비하니 헌신적이고 희생정신이 투철하다. 내가 손해를 보더라도 남을 배려하는 마음이 우선이니 조상들의 공덕 중 으뜸이 보시이다. 이미 독고 씨의 후손들은 발복의 조건을 수많이 지은 조상들의 공덕에서 찾는 지혜가 있고, 이 또한 면면히 쌓여져 큰 힘을 이룰 것이다.

참·고·문·헌

《국어 대사전(國語 大事典)》

《난중잡록(亂中雜錄)》

《사서오경(四書五經)》

《삼성 대옥편(三星 大玉篇)》

《삼국유사(三國遺事)》

《상용 삼천 한자(常用 三千 漢字)》

《소학(小學)》

《한국 성씨 보감(韓國 姓氏 寶鑑)》

《한국 인명 대사전(韓國 人名 大事典)》

《한국인의 족보(韓國人의 族譜)》